Reisepartner gesucht

Briefwechsel

AF194539

Eines Tages wirst Du aufwachen und keine Zeit mehr haben für die Dinge, die Du immer wolltest. Tu sie jetzt.

Paulo Coelho (Schriftsteller, Jg. 1947)

Daniela Adelheid Ammeter Bucher

Reisepartner gesucht

Briefwechsel

© 2022 Daniela Adelheid Ammeter Bucher

Lektorat und Korrektorat: nicht beauftragt, da der Briefwechsel original übernommen wurde.

Herstellung und Verlag: BoD – Books on Demand, Norderstedt

ISBN: 978-3-7568-3592-8

Inhaltsverzeichnis

Vorwort

Viele gescheite Köpfe haben es schon auf den Punkt gebracht. Beim Reisen lernt man insbesondere sich selbst kennen oder wie der Englischsprechende sagen würde: «To travel is to take a journey into yourself.»

Wieso aber gibt es dieses Reisefieber? Dieses Gen, das einen nicht zur Ruhe kommen lässt und immer von fremden Ländern, Kulturen, Menschen, Gebieten, Landschaften, Tieren, Gegenden träumen lässt? Man weiss recht genau, wie man diesen Traum bereisen möchte. Gut, viele dieser Träume können Reiseveranstalter mit ihren vielfältigen Angeboten umfangreich abdecken.

Es gibt die anderen Reiseträume, welche nicht gekauft werden können. Da geht es weniger um Komfort, Zuverlässigkeit, Standard, Erholung, gutes Essen, Unterhaltung und was sonst noch alles erwartet werden darf. Es geht vielleicht mehr um Authentizität, Ungeschöntes, Echtes, Individuelles, Einzigartiges. Meine Interessen liegen eher in der zweiten Gruppe dieser Aufzählungen. Dafür nehme ich in Kauf am Morgen keine warme Dusche zu haben, zum Schlafen könnte es eine härtere Unterlage haben und ich könnte durchaus mal verregnet werden und zwischendurch einmal ziemlich körperlich ausgelaugt sein. Mein Mann gehört zur ersten Gruppe. Ja und richtig. Dann sind da die zeitlichen Kapazitäten, die auch ganz unterschiedlich sein können.

Die Frage stellt sich dann. Zuhause bleiben, Kompromisse eingehen oder trotzdem gehen. Hier tendiere ich zu Letzterem. Doch ich möchte nicht allein reisen. Da habe ich meinem Mann «reinen Wein» eingeschenkt. Das war bei einem Glas gutem Wein, wenn man so ins Diskutieren kommt. Zweimal Schlucken und einmal Augenzwinkern. Er versteht das. Er erinnert mich dann auch immer wieder daran, diese Leute, die ich durch die verschiedenen Plattformen im Internet kennen lerne, zu hinterfragen und genauer anzuschauen.

So war ich schon für 10 Tage mit Peter Segeln. Peter hat sich eine Yacht gekauft und lebt seinen Traum in Griechenland. Brian hat sich heute gemeldet, er möchte auch mit mir verreisen. Bei diesem Buch hier, gebe ich die Konversation für eine längere Skandinavien-Reise wieder. Natürlich ist der Absender anonymisiert. Wir haben uns über eine Zeitdauer von drei Jahren geschrieben und unsere Reisepläne ausgetauscht und zusammen geschmiedet. Ich verrate im Vorwort nicht, ob wir zusammen auch tatsächlich verreist sind.

Viel Spass beim Lesen und schöne Reiseträume.

Briefwechsel 2020

Gesendet: Donnerstag, 8. Oktober 2020 11:27 Uhr

Von: info@travel-friends.com
An: daab

Betreff: travel-friends.com - Ein travel-friend hat Dir eine Nachricht gesendet

Hallo daab,
Ein Community-Mitglied von travel-friends.com hat Dir folgende Nachricht gesendet.
Absender: wenor
Betreff: Reisepartner für Skandinavien ...
Nachricht: Hallo, wie du sicher schon weißt - plane ich eine längere Reise 2022 und such eine Reisebegleitung. Wenn du Interesse hast, sowas mit mir gemeinsam zu machen - können wir uns gern erst mal etwas kennen lernen um zu sehen - ob das möglich ist!?
Ich und meine Familie kommen eigentlich auch aus Baden-Württemberg (in der Nähe von Lörrach), sind vor 8 Jahren nach Oberfranken umgezogen, weil wir da ein Haus gekauft haben.
Also, - wenn du Interesse hast würde ich erst mal vorschlagen, wir tauschen unsere e-mails aus. Meine lautet: wenor alias Noby.

Gruß von Noby

Um zu antworten, log Dich bei travel-friends ein und gehe zu Deiner Dashboard-Seite:
http://www.travel-friends.com/in/community_nachrichten

Gesendet: Donnerstag, 8. Oktober 2020, 15.06 Uhr
Von: Daniela, An: Noby

Hallo Noby
Danke für Deine schnelle Rückmeldung. Gerne würde ich mehr über Dich und die geplante, längere Skandinavien-Reise erfahren. Etwas zu mir: Ich wohne mit meiner Familie in der Schweiz in unserem Haus, das wir vor 20 Jahren gekauft haben. Meine Kinder (L. 22, S. 24) sind noch zuhause, haben aber bald das Studium beendet und werden selbständig. Mein Mann hat ein Labor das er schon seit vielen Jahren führt. Deshalb ist er zeitlich gebunden, kann nicht längere Ferien nehmen und ist eh nicht so der Outdoor-Typ. Ich bin früher viel gereist und da ich meinen Job Ende August aufgegeben habe, verfüge ich nun neben meiner eigenen Selbständigkeit über Zeit wieder auf dem Globus unterwegs zu sein. Skandinavien (Schweden, Finnland, Norwegen) von ca. März/April bis Mai/Juni steht schon lange bei mir auf der Wunschliste.
Ich bin 57 Jahre alt, 168 cm gross, schlank und fit und sportlich. Ich fische leidenschaftlich gerne und habe seit über 25 Jahren den Jagdschein, bin also Pächterin in einer hiesigen Jagdgesellschaft. Du siehst, ich bin ziemlich naturverbunden und gerne draussen. "daab" nenne ich mich wegen meinem Namen. Ich habe eine webseite, darüber läuft das Geschäftliche/Selbständige. Zwischendurch fahre ich Motorrad, ein Faltkanu (Ally) steht im Keller, ich wandere gerne und vieles mehr. Erzähl mir doch etwas von Dir und Deinen Plänen.
Beste Grüsse
Daniela

11

Gesendet: Donnerstag, 8. Oktober 2020, 17.57 Uhr
Von Noby, An: Daniela

Hallo Daniela
Nachdem ich dein Profil (mit deiner Webseite) etwas studiert hab - war mein erstes Eindruck - die passt nicht so wirklich (als Reisepartnerin), - weil du dein Leben glaub absolut auf Erfolg getrimmt hast. Doch deine Reisen, du magst Outdoor-Aktivitäten, magst Kanu und Motorradtouren, - das ist schon mal eine tolle Grundlage um sowas doch zusammen zu starten.

Also erzähl ich dir mal was über mich: Ich bin eigentlich auch ein halber (viertel) Schweizer - bin über 10 Jahre als Chauffeur in der ganzen Schweiz unterwegs gewesen - in der französischen Schweiz war ich am liebsten ...

Ich habe "eigentlich immer" gearbeitet - bis ich genug Geld für eine mehrmonatige Reise zusammen hatte und bin dann für eine Zeit in die Welt raus (3 x Kanada, 2 x USA, 2 x Neuseeland, 4 x Island, Norwegen, Finnland und Schweden war ich auch schon - aber immer nur 3 Wochen, möcht diese Länder intensiver kennen lernen. Mein Zeit-Plan ist aber nicht wie deiner (ca. März/April bis Mai/Juni), sondern - bis Mitte September sollte es schon sein (wir hätten ja Heizung im Wohnwagen), - der Grund: Weil man da erst das Nordlicht sehen könnte und das will ich unbedingt nochmal sehen! Ich habe das, - als ich alleine (3 Monate) mit dem Kanu auf dem Yukon-River unterwegs war oft am Lagerfeuer bewundern können und das war richtig schön ...

Ansonsten, fahre "auch" gern mit meinem Motorrad (1100 Dragstar), spiel gern Gitarre und

12

Mundharmonika und ein Kanu habe ich auch in der Garage.

Am 9.2021 geh ich in Rente und möcht da (solange es geht) noch so viel wie möglich von unserer Welt sehen.

Weitere Infos kannst du auf meiner privaten Webseite finden.

Gruß aus Oberfranken Noby

Gesendet: Donnerstag, 8. Oktober 2020, 22.52 Uhr

Hallo Noby

Ja, das Leben hat es bis jetzt sehr gut mit mir gemeint, sicherlich trägt da auch eine wunderbare Familie mit Mann und Kindern dazu bei.

Schön, dass Du die Schweiz auch «intus» hast. Verlässlichkeit, Pünktlichkeit, Genauigkeit, Vertrauen und Sicherheit sind mir halt schon auch wichtig. Deine mehrmonatigen Reisen sind beneidenswert. Ich konnte das in meinen jungen Jahren umsetzen: mit 5 Monate USA im Jahr 1981, 4 Monate Indien/Indonesien im Jahr 1984 und 5 Monate Südamerika in 1989.

Jetzt packt mich einfach einmal wieder das Reisefieber. Leider kann ich meinen Mann für so lange Trips und Outdoor nicht begeistern. Erfolg hin oder her - ich schlafe gerne in einem Zelt, ich muss mich nicht jeden Tag duschen und fühle mich trotzdem sauber, ich esse gerne vom Feuer, ich fühle mich wohl in Wanderschuhen, ich weiss wie man Fische und andere Tiere fängt und auch zerwirkt, Mundharmonika spielen könnte ich auch (noch besser Handharmonika – wirklich) und Gitarre ist natürlich auch ganz toll, dass Du das kannst. Motorrad fahre ich eine Dyna super glide

13

(Deine dragstar = wow!).... und Nordlichter habe ich noch nie gesehen.

Der Zeitpunkt für eine längere Skandinavien-Reise lässt sich absprechen: 2022 ist einfach soooooo weit weg. Was ist Dein näheres Zeitfenster und Deine Route? Wie stellst Du Dir das mit dem Wohnwagen vor?

Ich war auf Deiner Webseite. Danke für den Einblick, schöne Bilder/Videos. Ist das für Deine Frau kein Problem, wenn Du so lange weg bist bzw. wie stellst Du Dir das vor?

Schön, wenn wir uns über e-mail austauschen können und sicherlich finden wir noch einige Gemeinsamkeiten oder auch Unterschiedlichkeiten. Sicherlich ist es wichtig, dass das Duo stimmt, wenn man dann so lange zusammen unterwegs ist.

Beste Grüsse Daniela

Gesendet am Freitag, 9. Oktober 2020, 01.54 Uhr

Betreff: Skandinavien-Reise 2022

Hallo Daniela

Hups - du fährst sogar eine Harley-Davidson, - na das find ich richtig cool ..., hatte früher auch mal einen Kumpel mit einer Harley (war eine nette Zeit) hat mich dann auch mal mitgenommen - nach Basel zu so einem Harley-Davidson - Club, - ist aber nicht so mein Ding, mach gern mal eine Tour mit Bekannten, - aber in einen Club will ich nicht.

Und wegen dem Nordlicht, - das ist auch im Februar und März zu sehen, - aber dann wäre die Gefahr, - wenn man in dieser Zeit hoch fährt - dass man vom Schnee überrascht wird.

14

2021 möchten wir in die USA für 2-3 Wochen, - oder vielleicht in die Philippinen wieder mal (wenn das geht wegen Corona) - meine Frau ist von den Philippinen, - hab sie in Honkong kennen gelernt, - hat da als Haushälterin gearbeitet. Sie mag das auch nicht - also solche Art von Reisen (zu lang und zu viel Aktivitäten und sie arbeitet und kriegt nicht so lang frei). Hatte schon zweimal Frauen über so Reisepartnerportale gefunden, aber als das konkret wurde, wurde meine Frau irgendwie eifersüchtig und ich brach den Kontakt ab. Mit einer verheirateten Frau ist das Ok meinte sie, - also gut ...

Jetzt dann, - Anfang Oktober fahren wir mit dem Woohnwagen nach Baden-Württemberg (in der Nähe von Lörrach oder besser Basel), wollen da - wie jedes Jahr ans Grab meine Eltern und Freunde besuchen.

Die Route nach Skandinavien - möcht ich gern später gemeinsam planen, - aber es sollte über die baltischen Staaten (Litauen, Lettland und Estland) - oder - über Schweden hoch gehen, dann mit der Fähre nach Finnland - Helsinki - dann im Osten von Finnland in der Nähe der russischen Grenze gemütlich in den Norden hoch (da auch als mehrere Tage mit dem Kanu auf den vielen Seen rumpaddeln, so wie das halt grad passt und wie das Spaß macht). Dann weit im Norden von Finnland (beim Inarijärvi - See/Lappland) würde ich gern eine Hütte am See für ne Woche oder so mieten, - da angeln, wandern, Kanu, Sauna, einfach mal entspannen in der Natur, ...

Danach weiter ans Nordkap. Von da geht es wieder gemütlich über Norwegen zurück. Man könnte einem Abstecher auf die Lofoten machen und

15

natürlich die wunderschönen Fjorde bestaunen - bei tollen Wanderungen.

Mit dem Wohnwagen, da ist also sozusagen in der Mitte eine Schiebetür und es hat ganz hinten und ganz vorne Betten zum Schlafen, - also ein bißchen Privatsphäre ist gegeben. "Sicherlich ist es wichtig, dass das Duo stimmt, wenn man dann so lange zusammen unterwegs ist" - deine Worte, - dem ich mich voll anschließe! --- Wir schauen einfach mal, ob das geht, ob wir die Tour gemeinsam machen …

Im Sommer können wir uns dann mal irgendwo mit dem Motorrad treffen und ne Tour machen, wenn wir da noch in Kontakt sind und du magst …

Tschau Noby 😊

Gesendet am Freitag, 9. Oktober 2020, 15.27

Hallo Noby

Danke für Deine Offenheit. Ich finde es gut, dass Du auf Deine Frau hörst. Es soll ja für alle Beteiligten stimmen. Meinen Mann informiere ich offen über meine Reisepläne. Ich glaube schon, dass er verstanden hat, dass ich einen guten Reisekumpel (Frau oder Mann) suche, mit dem man so etwas unternehmen kann. Zudem ist er sicherlich froh, wenn ich das nicht alleine angehe.

Dein Routenvorschlag über die baltischen Staaten gefällt mir, zumal diese Länder auch auf meiner Liste sind und ich die Gegend überhaupt nicht kenne. Ich war vor Jahren mal mit Camper und Familie für 3 Wochen in Norwegen (zum Angeln) und Jahre zuvor in Schweden. Ich denke, dass mit der Corona-Thematik der Reiseradius in der nächsten Zeit schon ziemlich eingeschränkt sein wird, deshalb kommt der hohe Norden und allenfalls der Osten (alte Bundesländer, evt. Polen, Tschechien) sehr gelegen. Die Route grob zu planen macht Sinn und sich dann die Zeit zu nehmen etwas zu verweilen, wo es einem gefällt. Angeln, Kanu usw. da schlägt mein Herz höher. Zudem besteht im hohen Norden ja das Jedermannsrecht. Dein Wohnwagen scheint gut ausgerüstet zu sein und etwas Privatsphäre schätze ich auch. Es wäre für mich allenfalls auch kein Problem in einem Zelt zu übernachten. Zudem würde auch mein Ford Kuga zur Verfügung stehen.

Ich denke, dass wir uns ab und zu schreiben sollten uns dann sicherlich auch kennenlernen, wenn die Zeit reif ist. Eine Motorradtour könnte das im 2021 sein. Uebrigens: Ich bin auch in keinem Motorrad-Club – ist nicht mein Ding.

Meine Koordinaten hast Du auf alle Fälle.

Beste Grüsse und lass es Dir gut gehen.
Daniela

Gesendet: Montag, 12. Oktober 2020, 16.03 Uhr

Hallo Danie
ich hab mir am 19. Mai. 2019 auch sowas wie ein Dachzelt gekauft (ein Heckzelt für den Skandinavientrip), da macht man den Kofferraum-Deckel auf und baut das da dran - kann man Sitze umklappen und da schlafen.
Hab mir das dann doch anderst überlegt, - den Wohnwagen gekauft und das Heckzelt wieder

17

verkauft. Ist die bessere Lösung, denn wenn man eine Kanutour macht und nicht mehr zurück kann (weil Fluß, Wetter, zu weit, ...), stellen wir den WoWa am Ziel ab und einer geht mit Bus, Zug oder Fahrrad zurück und holt das Auto - möcht mir dann auch ein kl. Elektrofahrrad kaufen.
Und ich will auch später noch viel verreisen --- mit Wohnwagen ---.
Und das mit dem Stromerzeuger ist auch nicht die richtige Lösung - ich werd mir ne zweite Auto-Batterie kaufen und bastle da was - das wenn der Motor läuft - die immer geladen wird.
Mein Name ist "Norbert" - der gefällt mir gar nicht - Noby geht!
Dann hab ich ne Drohne gekauft UPAIR ONE, für schöne Luftaufnahmen ...
Jetz reichts aber für heut ---
Tschüß Noby

Gesendet: Montag, 12. Oktober 2020, 23.33 Uhr

Hallo Noby
(alias Norbert, wie ich's mir gedacht habe)
Das mit dem Rauchen ist doch Ehrensache. Geraucht wird heute draussen. Und da Du nicht rauchst, könnte das für mich ja eine gute Möglichkeit sein, damit aufzuhören oder zu reduzieren. Im hohen Norden sind alkoholische Getränke sehr teuer, da nimmt man wirklich mit Vorteil von Zuhause mit. Ein Glas Rotwein schätze ich sehr. Interessant, dass Du süssen Rotwein magst. Ich glaube in Deutschland gibt es die sogenannten «lieblichen» Weine, ist damit süss gemeint? Ich mag Weiss- und Rotwein und bin froh, wenn die Temperatur einigermassen stimmt, d.h. Weisswein kühl und Rotwein nicht zu warm.

18

Bier trinke ich nicht und sage jeweils: «Ich und eine Flasche Bier in der Wüste. Ich würde glatt verdursten.»

Du hast Dich auch schon mit Dachzelten beschäftigt. Ich habe in der Schweiz eine tolle Webseite gefunden für Auto und Outdoor. https://www.dachzeltwelt.ch/ Ob das mit meinem Ford Kuga machbar wäre, weiss ich nicht. Interessant finde ich die Dachzelte, die Camping-Küchen und die Markisen. Und schau mal unter «autarkes Reisen»...wirklich interessant. Ja und eigentlich hast Du recht, Fahrräder müssten auch mit. Man schlägt sein Lager auf und um einigermassen mobil zu sein, braucht man trotzdem einen fahrbaren Untersatz.

Ich hoffe, Du hast heute etwas Feines gekocht. Finde ich toll, wenn man Arbeitsteilung machen kann. Mein Mann kocht auch gern und gut...und kochen kann ja richtig Spass machen. Ich habe heute im Wald frische Pfifferlinge und Semmelstoppelpilze gefunden. Daraus gibt es dann Morgen etwas Leckeres. Uebrigens kann ich die Fische selber räuchern. Die schmecken suuuuuper lecker.

Dein neuer Songtitel tönt vielversprechend. Ich hoffe, ich bekomme den Song mal zu hören oder kann Dich mit der Mundharmonika begleiten.

Hast du nicht erwähnt, dass Du bald einmal in Lörrach sein wirst? Ich glaube mich zu erinnern, dass es ein Gedenktag deiner Eltern ist. Ich könnte in 5 Viertelstunden in Lörrach sein. Vielleicht klappt ja ein Kennenlernen, wer weiss?

Beste Grüsse
Daniela

Hallo Daniela,
ja mit süßen Wein meine ich den lieblichen Wein.
Und ja - die Seite mit den Dachzelten ist ganz gut, macht richtig Laune so was zu nutzen.
Pfifferlinge haben wir früher auch oft gesammelt (ich kenne in Baden-Würtemberg in einem bestimmten Gebiet dort "alle Plätze") die Plätze sind da von Generation zu Generation weiter gegeben worden, - wenn wir dazu kommen und Zeit haben gehen wir bevor wir wieder zurück fahren noch ein Korb voll holen.
Wegen dem Kennenlernen, --- gern können wir uns "in Lörrach" treffen --- das wäre wirklich super! Wir fahren (mit dem Wohnwagen) voraussichtlich am Sonntag, den 1.11. los, - dann will meine Frau erst bei Heidelberg / in den Jose Rizal Park in Wilhelmsfeld, da ist ein philippinisches Denkmal und danach vielleicht noch den Philosophenpfad in Heidelberg hoch laufen, - soll richtig schön sein.
Danach geht es nach Lörrach, - ist jetzt aber noch nicht ganz klar wo wir stehen, da der Campingplatz in Lörrach am 1.11. zu macht, - gebe dir dann noch Bescheid - sobald das klar ist! Wenn du am Mittwoch, den 4.11. Zeit und Lust hättest auf ein Kennenlernen, treffen wir uns bei Lörrach und schaun, ob wir diese Reise "zusammen" planen und ausführen können. - Bringst du deinen Mann auch mit? Wenn du kommst, dann aber mit Auto, oder --- zu kalt mit Motorrad ---. Ich hab ein Saison-Kennzeichen von April bis September. Früher bin ich einige Winter mit Motorrad durch gefahren (hatte da auch gar kein Auto), aber jetzt geht das nicht mehr ohne ...

Zu deiner Homepage (daab.ch), - das ist Finanzberater, oder? Hast du da viele Kunden und Leute die Interesse zeigen?

Und mit deiner Jagtgesellschaft - was für Aufgaben hast du da oder für was berechtigt dich da dein Jagdschein?

Gruß Noby

Gesendet: Dienstag, 13.10.2020, 9:59Uhr

Hallo Noby

Ja das könnte klappen mit Lörrach. Mittwoch der 4. November ist mit einem Jagdtag bereits belegt. Es ginge Donnerstag, 5. November so um den Mittag herum oder auch Freitag, 6. November. Ich frage mal meinen Mann, ob er sich einen Tag frei nehmen könnte. Wenn nicht, könnte ich auch alleine. Auf alle Fälle Auto, mit dem Motorrad ist es doch schon recht kalt. Das tönt nach einer schönen Reise in Wilhelmsfeld und Heidelberg...

Ich muss nur noch die Einreisebestimmungen checken, Hamburg und Berlin sind bei uns aktuell auf der Quarantäneliste.

Zu meiner Webseite: Da ich aus der Finanzbranche komme, kenne ich mich halt mit Zahlen aus. Nein viele Kunden sind das nicht, ich will aber auch nicht weiter ausbauen.

Jagdschein: Damit bin ich berechtigt als Pächterin in einer Jagdgesellschaft mitzumachen oder in den Revierkantonen zu lösen. Ich könnte damit auch nach Deutschland, wenn ich eine Einladung erhalte. Erlaubt ist damit alles, was ein Jäger so macht. Wir müssen in der Schweiz jedes Jahr den Schiessnachweis erbringen, also mit Kugel und Schrot. Bei uns im Revier jagen wir insbesondere Reh, Füchse, Dachs, Ente, Krähe. Wildschweine

21

und Rotwild haben wir «noch» keines. Es werden jetzt aber Autobahn-Uebergänge und -unterführungen gemacht, damit das Wild wechseln kann. Wurde in den 80iger-Jahren glattweg verpasst beim Autobahnbau auch fürs Wild zu schauen und wird jetzt nachgeholt. Ich war mal 10 Jahre lang Obmann. Wir sind eine kleine Truppe von 12 Pächtern, da muss jeder etwas machen, heute habe ich gar die Aufgabe als 2. «Aufbruchverantwortliche» die Innereien zu entsorgen. SMILE. Mein Vater war schon Pächter da. Heute sind wir etwas überaltert und mit Corona wurde beschlossen, keine Gäste einzuladen. Der Abschussplan (tönt scheusslich) wurde sogar vom Kanton vorgegeben und bis am 15.12. müssen wir diesen erfüllen. Also muss jeder mithelfen. Ich erkläre Dir da gerne mal, wieso man Rehe erlegt und wie wir berechnen wieviele das sein müssen. Uebrigens, ist eine der Aufgaben auch «Unfalltiere» von der Strasse zu bergen. Die Polizei ruft dann die entsprechende Jagdgesellschaft an und wir rücken aus. Das Wildbret kann ich nicht behalten, als Schütze habe ich aber das Vorrecht es der Gesellschaft abzukaufen. Der Erlös geht in unsere Kasse und damit wird der Jahrespachtzins bezahlt. Die Pacht ist jeweils auf 8 Jahre. Das kleine Jagdrecht besagt, dass der Schütze Leber, Niere, Herz und Lunge behalten kann. Das nehme ich auch regelmässig Nachhause. Isst Du Innereien?

Beste Grüsse und schauen wir mal, ob es zum Klappen kommt mit dem Kennenlernen.
Daniela

22

Gesendet: Dienstag, 13.10.2020, 22:47 Uhr

Hallo Danie,
wir haben unsere Reisepläne neu angepasst -
haben jetzt 2 Übernachtungen 3. bis 5.11. auf dem
Campingplatz: Lug ins Land, Römerstr. 3 in D -
79415 Bad Bellingen reserviert, bei Lörach ist ab
1.11. geschlossen. Ist auch einfacher für euch
(oder dich) zu finden.

Kurze Wegbeschreibung: Fährst also bei Basel auf
der Autobahn über den Zoll, - dann 16,5km auf der
Autobahn gerade aus bis zur 3. Ausfahrt "Efringen
- Kirchen" (Nr 67), - da raus, - dann Schilder Bad
Bellingen folgen. - vor Bad Bellingen sind Schilder
Ortsteil Bamlach - Campingplatz ist
ausgeschildert. –

Oder wenn du ein Navi hast: 79415 Bad Bellingen
/ Römerstr. 3
Wir fahren anschließend am Donnerstag, den 5.11.
- nach unserem Treffen auch wieder zurück.

Ich lade euch (oder dich) zum Essen ein, - ganz in
der Nähe des Campingplatzes ist ein Restaurant,
da können wir uns etwas unterhalten und ich
hoffe, dass wir uns sympathisch sind. - Freu mich
sehr euch (...) kennen zu lernen 😊 - und wieder a
mol schwizer dütsch z' höre ...

--- Hoffentlich macht uns dieses Corona kein
Strich durch die Rechnung ---.

Gruß Noby

23

Gesendet: Dienstag, 13.10.2020, 09:19Uhr

Hallo Daniela,
ja, mit süßem Wein meine ich den lieblichen Wein.
Und ja - die Seite mit den Dachzelten ist ganz gut,
macht richtig Laune so was zu nutzen.
Pfifferlinge haben wir früher auch oft gesammelt
(ich kenne in Baden-Würtemberg in einem
bestimmten Gebiet dort "alle Plätze") die Plätze sind
da von Generation zu Generation weitergegeben
worden, - wenn wir dazu kommen und Zeit haben
gehen wir bevor wir wieder zurück fahren noch ein
Korb voll holen.

Wegen dem Kennenlernen, --- gern können wir uns
"in Lörrach" treffen --- das wäre wirklich super! Wir
fahren (mit dem Wohnwagen) voraussichtlich am
Sonntag, den 1.11. los, - dann will meine Frau erst
bei Heidelberg / in den Jose Rizal Park in
Wilhelmsfeld, da ist ein philippinisches Denkmal
und danach vielleicht noch den Philosophenpfad in
Heidelberg hochlaufen, - soll richtig schön sein.
Danach geht es nach Lörrach, - ist jetzt aber noch
nicht ganz klar wo wir stehen, da der Campingplatz
in Lörrach am 1.11. zu macht, - gebe dir dann noch
Bescheid - sobald das klar ist! Wenn du am
Mittwoch, den 4.11. Zeit und Lust hättest auf ein
Kennenlernen, treffen wir uns bei Lörrach und
schaun, ob wir diese Reise "zusammen" planen
und ausführen können. - Bringst du deinen Mann
auch mit? Wenn du kommst, dann aber mit Auto,
oder --- zu kalt mit Motorrad ---. Ich hab ein
Saison-Kennzeichen von April bis September.
Früher bin ich einige Winter mit Motorrad durch
gefahren (hatte da auch gar kein Auto), aber jetzt
geht das nicht mehr ohne ...

24

Zu deiner Homepage (daab.ch), - das ist Finanzberater, oder? Hast du da viele Kunden und Leute die Interesse zeigen?

Und mit deiner Jagdgesellschaft - was für Aufgaben hast du da oder für was berechtigt dich da dein Jagdschein?

Gruß Noby

Gesendet: Mittwoch, 14.10.2020, 10:19 Uhr

Hallo Noby
Das Kennenlernen könnte wirklich klappen. Ich habe Hans-Peter (mein Mann) gefragt, ob er mitkommen möchte. Ich denke, dass er es einrichten könnte. Er möchte in Lörrach noch einen Kunden besuchen, das könnten wir dann verbinden. Danke für den Wegbeschrieb und Navi habe ich übers Handy. Vielleicht wäre Deine Telefonnummer noch gut, bei allfälligen Rückfragen. Nun fragt sich, welcher Tag (Vormittag, Mittag, Nachmittag) geeigneter wäre.
Dienstag, 3. November 2020, ganzer Tag möglich
Mittwoch, 4. November 2020, geht leider nicht da ein Jagdtag geplant ist Donnerstag, 5. November 2020, geht am Morgen, Mittag, früher Nachmittag (abends ist ein Anlass, den ich organisiert habe)

Danke für die Einladung zum Essen. Würden für Dich/Euch Dienstag oder Donnerstag passen?

Beste Grüsse
Daniela

25

Gesendet: Mittwoch: 14.10.2020, 18.35 Uhr

Hallo Danie,
ja gute Idee - die Telefonnummern auszutauschen,
- geb dir mal meine komplette Adresse: Norbert
Weber, Rüdigerstr. 1 in 95233 Helmbrechts,
HandyNr.: xxxxxx und Festnetz: xxxxx.

Wenn es bei euch passt - würden wir uns freuen
wenn wir uns am Donnerstag, den 5.11.2020 bei
dem Restaurant beim Campingplatz "Lug ins Land
(Web-Adresse: https://www.luginsland-
restaurant.de/)" so zwischen 11:00Uhr und
12:00Uhr treffen könnten. Dann könnt ihr gern
mal den Wohnwagen anschaun, mit dem "wir" die
Reise machen würden und nach einem
Mittagessen unterhalten wir uns noch ne Stunde
oder so - und schaun dann einfach mal, wie die
Geschichte weiter geht ...
Gruß Noby

Gesendet: Donnerstag, 15.10.2020, 14.26 Uhr

Hallo Noby
Datum vom Donnerstag, 5.11.2020, 11.00 Uhr im
Rest. «LuginsLand» beim Campingplatz ist dick in
der Agenda eingetragen. Mein Mann schaut jetzt
auch, ob er noch einen Termin schieben kann um
mitkommen zu können.
Ich lege Dir noch ein pdf meiner Grenzwanderung
(rund um den Kanton Luzern) bei. Eine Freundin
hat mich teilweise begleitet und natürlich war
Diana immer dabei. Wir leben wirklich in einer
wunderschönen Umgebung.
Beste Grüsse
Daniela

Gesendet: Donnerstag, 15.10.2020, 23.41Uhr

Hallo Danie,
dank dir für die Bilder, - wie es aussieht hab ich wirklich "endlich" den richtigen Reisepartner gefunden ... Ganz tolle Bilder!
Schick dir auch mal ein paar Sachen die ich schon etwas überdacht hab (von der Skandinavien-Reise). Kannst ja mal drüber schaun und ich hoff du bringst noch einige Anstöße, Ideen und Vorschläge mit ein - freu mich auf eine gemeinsame Planung, - "vorausgesetzt" wir verstehen uns auch und können Freunde werden! Aber ich glaub - so wie es aussieht - das diese Pandemie jetzt dann wieder ausbricht und es wieder ein lockdown gibt, --- "hoffentlich nicht" --- , würd euch wirklich echt gern mal kennen lernen
Gruß Noby

Gesendet: Freitag, 16.10.2020, 10.40 Uhr

Hallo Noby
Da hast Du Dir schon einige Gedanken gemacht. Danke für die Unterlagen. Sehr gerne bringe ich für die Route meine Anstösse/Ideen/Vorschläge ein und werde mich natürlich auch noch intensiver mit den Ländern beschäftigen. Das macht ja auch Spass so eine Reise zu planen und sich «einzudenken». Die Grobroute müsste stehen und vor Ort kann man dann immer entscheiden (wielange, und was genau). Welche Vorlieben hast Du? Ist es hauptsächlich Natur/Landschaft oder sind es auch Sehenswürdigkeiten wie Naturphänomene, alte Bauwerke/neue Bauwerke? Ich habe mal die Liste etwas ergänzt und noch ein paar Ueberlegungen aufgeschrieben.

27

Du sagst das richtig. Vorausgesetzt wir verstehen uns und können Freunde werden. Hoffen wir, dass es anfangs November infolge Corona zum Kennenlerntag kommt. Das würde mich sehr freuen.
Beste Grüsse
Daniela

Gesendet: Freitag, 16.10.2020, 13.43 Uhr

Hallo,
also ich mag, wenn wir in richtig schöner Landschaft als für ne Zeit (nach Lust und Laune) mit dem Wohnwagen verweilen, mit dem Kanu noch mehr die Gegend entdecken, - oder auch zu Fuß. Beobachte auch gern Tiere, aber Bären, Vielfraß und Wölfe nur im sicheren Abstand! Als ich allein auf dem Yukon im Kanu unterwegs war, war mal ein Braunbär am Ufer, - bin da hin gerudert - hat ihm aber nicht so gepasst - 3 mal ist er in den Fluß rein und wollte mich angreifen (aber im Kanu ist man viel schneller). Dann Abends draußen sitzen - die Ruhe genießen und seinen Gedanken nachgehen oder auch gern gute Gespräche führen, am liebsten wenn wir noch ein Lagerfeuer machen könnten. Hoffe du bist keine Kwasseltante, die nonstopp durchredet und die Stille und die Natur zu schätzen weiß. Wir können natürlich auch die Sehenswürdigkeiten unterwegs anschauen, wie z.B. : Trolltunga, das Restaurant Under bei Kristiansand, die vielen Fjorde - hoffe das wir da auch einige Wanderungen machen, die Lofoten und in Finnland gibt es auch denk ich tolle Sachen, erst mal die vielen Seen, Bauwerke schau ich auch ganz gern mal an - alles was sich lohnt anzuschaun. Die Mitternachtssonne erleben wir

sicher, - hoffe auch das Nordlicht. --- Und die Menschen --- sind da wirklich sehr nett und freundlich, die Mentalität würd ich sagen - ähnlich wie ihr Schweizer ...

Noch was wegen deinem Kanu (war bestimmt teuer), find ich aber nicht unbedingt gut, - wie reagiert das bei starkem Wind, Wellen, ... und das zusammenbauen ist etwas umständlich, - denke da komm ich 2021 mal mit meinem Kanu zu dir in die Schweiz (bring vielleicht meinen Sohn noch mit) und wir machen eine Kanutour mit beiden Kanus und wechseln dann auch mal. Wenn wir da weit unterwegs sind (mit Kanu), - besonders auf Seen -, wo keine Strömung ist - dann mach ich immer ein Segel mit Poncho, das ist sehr effektiv und macht richtig Spaß.

So muß wieder Essen kochen ...

Tschau Noby

Gesendet: Freitag, 16. Oktober 2020 23:51 Uhr

Hallo Noby

Eine Kwasseltante bin ich nicht grad, führe aber auch gerne gute Gespräche über Gott und die Welt. Und ich kann auch gut still sein, brauche nicht Musik um mich wohlzufühlen und habe keine Angst, wenn es richtig still und ruhig ist und man fast meint, man hätte einen Tinitus. SMILE. Ich höre gerne der Natur zu, erwache mit dem Vogelgezwitscher, kenne das Geräusch der nagenden Wespen, oder den Schwarzspecht, wenn er durch den Wald ruft... Lagerfeuer gerne, auch wenn man nachher wie eine «Rauchwurst» riecht. SMILE

Auf meiner Prioliste für Skandinavien sind: Nordlicht, Rentiere allenfalls die Samen, Wale, schöne Seen, Landschaften, Küstengebiete, Lofoten, Wasserfälle, Natur, Kanutrip, Wanderungen, Angeln, Tierbeobachtungen, Sehenswertes unterwegs und natürlich Land und Leute (wie man so schön sagt)

Mit meinem Ally (Kanadier) hast Du recht. Der Vorteil liegt halt im Faltboot, viel Platz drin, wenig im Transport, relativ leicht, aber dafür natürlich auch weniger wendig, weniger schnell und windangriffiger. Hast Du denn ein Seekajak? Schick doch mal bitte ein Bild. Ich habe mein Einer-Kajak (mit Fusssteuerung und Gepäcklucken) dieses Jahr infolge Weniggebrauch verkauft. Wendiger und schneller sind die Kajaks auf alle Fälle. Auf dem Vierwaldstättersee oder Sempachersee könnten wir nächsten Sommer eine tolle Kanutour machen. Wir haben seit bald 50 Jahren einen kleinen Seeplatz gemietet und seit 10 Jahren ein kleines, altes Fischerboot mit Akkumotor für unsere Bade- und Angeltouren da. Deinem Sohn und auch Dir (vielleicht auch Deiner Frau) würde es da bestimmt gefallen. Schauen wir erst mal wie die Quarantäneliste sich entwickelt und wie das mit Corona weitergeht...

Ich glaube ich hole mir nächstens aus der Bibliothek einen Reiseführer über Skandinavien. Oder besser ich kaufe mir einen, dann kann ich Notizen machen und Zettel einkleben.

Das mit dem Poncho und dem Segel kannst Du mir gerne zeigen. Ich bin immer interessiert etwas Neues zu lernen.

Beste Grüsse
Daniela

30

Gesendet: Samstag, 17.10.2020, 13:02 Uhr

Hallo Danie,
also ich hab mir hier in Deutschland "im Prinzip"
das gleiche Kanu nochmal gekauft, wie ich es in
den Wäldern von Alaska zum Schluß (bei Saint
Mary's) zurück gelassen hab --- wollte eigentlich
nochmal (2-3 Wochen) dort hin und die letzten
100km bis ans Meer damit machen, - weil ich
Alaska wirklich liebe!!! --- Da steht die Zeit still, -
man verschmilzt mit der Natur und bekommt eine
etwas andere Ansicht vom Leben, - man fühlt da
das Leben auf eine andere Art, - die man so nicht
beschreiben kann - man muß das erlebt haben.
Hab 2018 eine Tour mit meinem Sohn gemacht, -
um mein Kanu zu sehn kannst du die Tour auf
meiner Internet-Seite am besten mal
anschaun: https://www.XXX.de/aktuelles-
1/201808-kanu/ - wenn wir mein Kanu
mitnehmen würden, werd ich es vorher noch neu
mit Bootslack streichen und mit dem Segel hab ich
da 2 Arten von Segel zum kaufen entdeckt - werd
da was passendes kaufen (ist dann einfacher zu
benutzen) ...
Wir haben die selben Interessen (außer Wale) und
würd mich freuen, wenn du in deinem Reiseführer
Sachen raus suchst, die wir ansteuern könnten
(werd da auch noch suchen ...), aber sind ja noch
ein paar Tage bis es los gehen soll .... --- Meine
Frau wollte in Island auch unbedingt Wale sehen,
die 2 sind dann alleine mit so nem Fischkutter
auf's Meer hinaus - haben auch Wale gesehn, -
aber die ganze Zeit mußten sie sich übergeben, ---
hab sie gewarnt ...
Gruß Noby ☺

Gesendet: Montag, 19.10.2020, 10.34 Uhr

Hallo Noby
Jetzt verstehe ich, was Du genau meinst und ich habe mir die Bilder nochmals genau angeschaut. Für Ally-Faltboot hatte ich mich damals entschieden, weil nur rund 18 kg schwer (das kann ich selber tragen), faltbar und somit nicht sperrig auf dem Autodach ist. Das Zusammensetzen schafft man in 20 Minuten und das Material und System ist wirklich professionell und ausgeklügelt. Du hast die Erfahrung im praktischen Umgang mit Kanu, meine Erfahrungen sind da auf ein paar wenige Fahrten beschränkt.
Dein Sohn scheint heute um die 15 Jahre alt zu sein? Er würde Dich sicher gerne begleiten. Das Wal-Erlebnis in Island kann ich gut nachvollziehen. Ich hätte mich bestimmt auch für die Wale entschieden.
Tja, schauen wir mal wie sich die Corona-Geschichte entwickelt, ich werde mich in die Reisebücher einlesen. Für 2021 will ich meine Pläne auch noch etwas konkretisieren und allenfalls meinen Ford Kuga etwas aufrüsten.
Beste Grüsse
Daniela

Gesendet: Montag, 19.10.2020, 11:19 Uhr

Hallo Danie,
was kommt 2021 alles für dich (oder euch) in Frage und was willst du an deinem Fort Kuga aufrüsten --- ein Zelt auf dem Dach?
Wäre eine Hütte in Lappland mieten für dich auch ok, - oder eher doch nicht ... Könnt mir sowas wie "Ivalo Lake Cottage" vorstellen für ne Woche oder

32

so (kostet aber 100€ am Tag) Sollte man - wenn das aktuell wird aber schon 1 Jahr vorher buchen (also Juni, Juli, ...). Aber ist noch Zeit um was anderes zu suchen ...

Mein Sohn möcht ich auf diese Reise nicht mitnehmen, - mit dem gehen wir noch in die USA und in die Philippinen. Dann geht er vermutlich alleine (mit Freundin oder Freunden) auf Tour. Es macht Spaß mit ihm hier in der Gegend Kanutouren zu machen, aber ...

Gruß Noby

Hallo Noby

Wir haben in der Familie schon besprochen, dass wir uns für den kommenden Sommer, also 2021, irgendwo im Norden, an einem fischreichen Gewässer ein Haus mieten wollen. Ich gehe dann etwas länger und bereits mit dem Auto vor, da ich ja etwas mehr Zeit habe und die Familie kommt dann nach per Auto oder Flughafen in der Nähe. Die Daten haben wir noch nicht fixiert. Lappland-Haus sieht toll aus.

Für mich kommen im Sommer, so ab April verschiedene Staaten in Frage: Slowenien, Tschechien, Polen, Ungarn aber auch andere Länder, müsste jetzt nicht gerade übersee sein, obwohl Kanada schon auch locken würde.

Du kannst Gedankenlesen. Ja, bei meinem Ford Kuga habe ich an ein Dachzelt gedacht. Ich habe bei meinem Autohaus gerade nachgefragt, wie hoch die Dachlast ist. 75 kg, steht so auch im Fahrzeugschein eingetragen. Für mich geht die Rechnung einfach noch nicht ganz auf: 50 kg

Dachzelt, 60 kg ich, allenfalls noch mein Mann mit 75 kg oder dann evt. der Hund mit 13 kg (SMILE), da kommt eine Menge zusammen für's übernachen. Ob das alles hält? Oder ist die Dachlast nur beim Fahren gerechnet und nicht beim stehenden Auto? Hast Du Erfahrung mit Dachzelten?
Beste Grüsse
Daniela

Gesendet: Montag, 19.10.2020, 18:10 Uhr

Hallo Danie,
also ich hab mit Dachzelten gar keine Ahnung, - hab grad mal in Google nach geschaut - da gibt es ja fast alle Größen, mußt da nur etwas erweitern "zur Seite hin". Bin mal gespannt auf deine Meinung, wenn du das ausprobieren willst ...
Willst du 2021 auch nach Skandinavien, - oder 2022 erst (mit mir dann "vielleicht")?
Und die Mentalität der Menschen in Kanada gefällt "mir" um einiges besser als die der Nachbarn in den USA. Die Kanadier, die Neuseeländer und die in Skandinavier - das sind die sympatischsten, hilfsbereitesten und nettesten Leute auf unserem Planeten (wenn ich das mal so sagen darf). --- Die Schweizer auch, - ok !!?!! --- ... Wir Deutsche sind da etwas "Eigenbrödler" und brauchen etwas länger bis wir auftauen und uns öffnen ...
Gruß Noby

Gesendet: Dienstag, 20.10.2020, 13:53 Uhr

Hallo Noby
Die Auswahl von Dachzelten ist ja sooooo gross...eigentlich möchte ich etwas nicht nur für

34

die warmen Sommertage, wenigstens auch Uebergangszeit. Ich muss mich mal schlau machen, was das schlussendlich sein könnte und ob das dann die Lösung ist.

2021 ist Skandinavien nur beschränkt auf dem Programm und wäre für kurze Dauer gedacht, wenn überhaupt. Eigentlich könnte ich mir gut vorstellen das für 2022 mit Dir aufzuschieben. Für 2021 würde ich dann die untenstehenden Staaten vorziehen, wenn das coronabedingt überhaupt möglich ist.

Wir Schweizer sind da wohl die Eigenbrödler. Wir haben ja auch hohe Berge und tiefe Täler...das gibt einen engeren Horizont. Sicher kann man das ja nicht generell sagen, doch jedes Volk hat da schon seine Eigenheiten. Zurückhaltend sind wir ja schon der Sprache wegen, bei uns ist alles viel langsamer, gemächlicher.....dafür gibt es aber auch Werte, die zählen.
Beste Grüsse
Daniela

Gesendet: Mittwoch, 21.10.2020, 0031 Uhr

Hallo nochmal,
- also ich möcht dir "jetzt" nochmal ein eMail schreiben - meine Frau hat Nachtschicht - mein Sohn schläft - und ich sitz hier im Wohnzimmer, --- und tausend Gedanken gehn mir durch den Kopf. Das Erste ist - das ich mit dir (einer Frau) 2 oder 3 Monate ne richtig gute Zeit habe werde und meine Frau zu Hause Schichtarbeit macht. --- Weiß nicht - ob das wirklich ok ist!? ...

Aber ich möcht gern die Welt (so weit es möglich ist "noch" kennen lernen). Ich denk auch, ich bin etwas anders, als der normal denkende Mensch (da ich schon viel erlebt hab) und möchte mein Leben leben und erleben. Hab echt noch keine Lust - zu Hause - auf den Tod zu warten (und meine Frau will so eine Reise nicht machen) ...

Über den Winter kann ich draußen nicht mehr arbeiten (zu kalt), will jetzt anfangen im Dachgeschoß auszubauen (hab da schon angefangen), muß noch ein Teil des Daches isolieren, ne Küche und ne Dusche einbauen, - dann kann unser Sohn da hoch und mal schaun - wie es dann weiter geht mit ihm.

Wünsche mir - wenn du so Momente hast - das du mir deine Gedanken auch mal schreibst - so das wir Freunde werden können.

Gruß Noby 😊

Gesendet: Donnerstag, 22.10.2020, 22.30 Uhr

Lieber Noby

Ich konnte gestern eine tolle Motorradtour mit ein paar kleinen Pässen machen. Knappe 250 km bei schönem Wetter....war wohl die letzte Tour in diesem Jahr und hat für den Abschluss der Saison so richtig gut getan. Jetzt nur noch volltanken, Batterie abhängen und wintertauglich machen.

Heute war ich dann auf dem Hausberg, 1 ½ Stunden steiler Aufstieg. Die Belohnung war ein wunderbarer 360 Grad-Rundumblick.

Ich verstehe Dein schlechtes Gewissen gut, wie Du das in den ersten Zeilen beschreibst. Frau arbeitet

Zuhause in Nachtschicht - Mann macht sich eine gute Zeit auf Reisen. Ich schreibe bewusst nicht auf Reisen mit einer anderen Frau, da das weniger das Problem ist. Du bist dann einfach weg von Zuhause, während Deine Frau nach wie vor der Arbeit nachgeht und Du kannst sie dann nicht unterstützen, wie Du das vielleicht heute machst. Ich denke, dass Du das mit Deiner Frau unbedingt klären und besprechen musst. Es soll für Euch beide stimmen, aber das weisst Du ja sicher. Grundsätzlich hat das auch nichts mit mir zu tun. Ich für meinen Teil will Deiner Frau nichts wegnehmen. Ich suche lediglich einen guten Kumpel/Freund/Begleiter (kann Mann oder Frau sein), der einigermassen die selben Interessen hat und auf den ich mich auf dieser Reise verlassen kann. Ich weiss, dass es einfach schöner, vielleicht auch intensiver ist, wenn man die Eindrücke einer solchen Reise teilen kann. Zudem ist es mein Traum halt auch abseits der Touristenwege (Kanu, Wildcampen, wandern usw.) zu sein, da möchte ich nicht unbedingt ganz alleine in der wilden Landschaft sein. Jaja, man trifft immer und überall wieder Leute an, lernt nette Menschen kennen....das Ziel wäre halt, das zusammen zu planen und dann los. Weisst Du, eigentlich mache ich mir auch Gedanken, ob ich nicht mit dem eigenen Auto reisen soll. Das kann durchaus mit Dir sein. Ich weiss ja nicht, ob wir uns unterwegs plötzlich nerven, dann wäre vielleicht Flexibilität und Unabhängigkeit auch ein Vorteil.

So wie das Thema Corona heute gehandelt ist, wird unser Treffen anfangs November kaum stattfinden können. Ab Samstag ist die Schweiz auf der deutschen Quarantäneliste. Schauen wir vorweg und entscheiden dann.

Mich freut unser E-Mail-Austausch sehr. Er inspiriert mich, den Traum vom hohen Norden nun detaillierter auszupacken und anzufangen auszuarbeiten.

Frage. Was meinst du damit, wenn Du schreibst «ich bin etwas anders, als der normal denkende Mensch?»

Das würde ich von mir nämlich auch sagen. Ich gebe Dir gerne ein paar Beispiele dafür:
- Mit 19 Jahren bin ich aufgebrochen zu einer 5-monatigen USA-Reise. Ich war nicht volljährig, meine Mutter hat mich dabei aber unterstützt. Und die Begleitperson war 18 Jahr, hatte sie durch ein Inserat kennengelernt.
- Ich habe mit 32 Jahren die Jagdprüfung gemacht. Hatte früher immer meinen Vater begleitet. Und übe die Jagd in unserem Revier mit Leidenschaft aus. Damit meine ich Hege, Pflege und Jagd. Dazu kommt das Angeln.
- ich bin gerne selbständig, autonom und habe Werte, die ich auch so lebe
- Ich war immer arbeitstätig, auch als junge Mutter, was damals eher als Rabenmutter galt, weil das noch nicht so gelebt wurde. Mein Mann hat mich immer dabei unterstützt und wir sind eine Familie, die sich sehr nahe ist und unser Familienleben ist sehr eng.
- ich färbe meine Haare nicht mehr, werde langsam grau und habe lange Haare, die ich meist als Zopf trage (vielleicht schon etwas speziell?)
- ich fahre gerne Motorrad, nicht weil es in ist.

Genug für heute. Beste Grüsse und ich freue mich auf Deine E-Mail-Meldung.
Daniela

Gesendet: Montag, 26.10.2020, 14:21 Uhr

Hallo Danie,
wenn das noch was wird - mit unserem Treffen nächste Woche, dann kommen meine Frau und mein Sohn nicht mit (meine Frau meint, das sie da dann "evt." in Quarantäne muß - und das geht nicht...) und mein Kumpel will am ersten Tag, also am Dienstag (ein Tag lang) zu mir auf dem Campingplatz kommen - mit seinem Wohnmobil (mit ihm war ich das 2. mal in Alaska (Kanutour). Schaun wir mal - wie das alles klappt - oder auch nicht ...
Gruß Noby

Gesendet: Montag, 26. Oktober 2020 14:46 Uhr

Hallo Noby
Ich denke, dass wir aufgrund der heutigen Lage gar nicht in Deutschland einreisen dürfen. Luzern ist kein Grenzkanton und somit nicht berechtigt in Deutschland einzureisen. Stand heute gehe ich davon aus, dass unserer Kennenlernen nicht stattfinden kann. Schade, aber aufgeschoben ist ja nicht aufgehoben...es wird lediglich alles ein bisschen verschoben. Es ist aktuell ja auch bei uns so, dass überall Quarantäne «blüht» sollte sich im nach hinein ein «positiv Getesteter» im Kreis aufgehalten haben.

39

Du hast mich noch gefragt, wie ich über den Tod denke und welche Werte ich habe.

Meine Eltern haben mich an dieses Thema herangeführt, ich konnte beide im Sterben begleiten, wofür ich dankbar bin. So sehe ich den Tod als letzte Etappe unseres Lebenskreislaufes. Und ob es jetzt ein Weiterleben, Wiedergeburt oder sonst etwas gibt, weiss ich einfach nicht. Am besten lässt sich darüber bei einem guten Glas Wein diskutieren. SMILE

Meine Werte: Ich wurde zur Pünktlichkeit erzogen und dazu zu meiner Meinung zu stehen. Ich lebe die christlichen Werte, damit bin ich aufgewachsen und sie machen das Zusammenleben irgendwie angenehmer. Ich helfe, wenn ich helfen kann, habe aber auch nicht ein Helfersyndrom. Auf mich ist Verlass. Ich gehe respektvoll mit den Leuten um. Ich kann nicht mit Leuten, denen ich nicht trauen kann und nie weiss, woran ich bin. Dann Verlass ich mich lieber auf mich.

Beste Grüsse aus der aktuell regnerischen Schweiz.

Daniela

Gesendet: Donnerstag, 29. Oktober, 13:31 Uhr

Hallo Danie,

meine Entscheidung nach Baden-Württemberg runter zu fahren wurde mir bereits abgenommen -

-- fahr doch nicht --- (der Campingplatz hat mir auch schon ne Absage gesendet)! Wollte bevor ich los fahr nochmal so ein Coronatest machen lassen, aber brauch ich jetzt auch nicht mehr ... Ist mir eigentlich auch etwas lieber so - war mir schon etwas mulmig, "zu dieser immer schlimmer

40

werdenden Pandemie-Zeit" da allein runter zu fahren. Aber mal schaun, - ob das im Dezember noch was wird -, oder dann halt nächstes Jahr, wenn ich dich (oder euch) mal besuchen komm.

Mach jetzt immer am Sonntag (so um 15:00Uhr) etwas Sport, - letzten Sonntag bin ich so 5km gelaufen und kommenden will ich ca. 10km laufen, es ist wunderschön jetzt durch die bunten Blätter (die am Boden liegen) zu wandern ...

Gruß Noby 🙂

Gesendet: Donnerstag, 29. Oktober, 16:52 Uhr

Hallo Noby
Ja, das wird definitiv nichts mit dem Kennenlernen nächste Woche. Wir verschieben das nach Corona. Und diese Zeit kommt bestimmt. Ich habe grad geschaut, wie weit es von Hochdorf nach Helmbrechts ist – oder umgekehrt. Rund 600 km, rund 6 Stunden. Du wohnst fast an der tschechischen Grenze, habe ich bemerkt. Gerne besuche ich dich auch mal, denn Tschechien ist auch auf meinem Reiseplan. Und gerne in der Schweiz. Ich kann Dir ein Doppelbett anbieten, deine Frau und Dein Sohn wären natürlich auch willkommen.
Da hätte ich für nächstes Jahr in der Schweiz mindestens zwei gute Vorschläge, die wir gemeinsam umsetzen könnten:

1. Mit dem Kanu rund um den Vierwaldstättersee, das sind etwa 150 km Uferlänge. Man könnte das auch ein bisschen abkürzen, da die Arme ja so weitverzweigt sind,

41

anderseits gibt am Ufer wirklich auch vieles zum Bewundern. Was meinst Du wie viele Uebernachtungen bzw. wie lange würde die Tour dauern? Mit Zelten könnte ich aushelfen usw. Und das Einwassern und spätere Abholen könnte ich gut organisieren.

2. Motorradtour sowieso. Entweder bringst Du Deines mit, oder du könntest eines mieten. Pässe haben wir ja genügend. SMILE. In der näheren Umgebung kenne ich mich bestens aus und hier gibt es ganz tolle Tagesrouten oder Ausflugsziele.

3. Wandern geht immer und da gibt es sooooooo viele Möglichkeiten.

Schön, dass Du Dich fit machst. Bewegung tut einfach gut. Ich mache mit meinem Hund auch jeden Tag um die 5 Kilometer.
An den Wochenenden gehen wir regelmässig in die Pilze, das heisst «querwaldein», das ist Fitness

42

pur. SMILE. Und die Landschaft ist trotz Wolken, Wind und Kälte wunderschön – wenn's nicht grad aus Kübeln giesst und Sturmwind angesagt ist. Die bunten Wälder, das Laub verfärbt, fällt runter.... gefällt mir auch sehr. An meinen Jagdtagen bin ich es ja gewohnt irgendwo mitten im Wald zu sitzen. Und ich freue mich immer wieder über das unterschiedliche Wetter, weil man dann seine Sinne ganz unterschiedlich einsetzt. Je nach Wind und Wetter sind die Geräusche gedämpft (wenn es Schnee hat) oder ganz klar und nah (wenn es bitterkalt ist). Wir kommunizieren über unsere Hörner und hören auf unsere Hunde, das ist immer wieder ein Erlebnis. Teilweise haben wir auch gar keinen Natelempfang. Und ab und zu habe ich sogar das Gefühl ich könne das Rehwild oder den Fuchs riechen. SMILE (nein wird trinken keinen Schnaps, während der Jagd). Das Auge ist auch recht gut geschult, dafür bewundert mich immer mein Mann....

Wahrscheinlich wird es März/April 2021 bis ein Kennenlernen stattfindet. Für mich ist das kein Problem, bleiben wir einfach in Kontakt.

Beste Grüsse Daniela

Gesendet: Donnerstag, 29. Oktober, 19:39 Uhr

Hallo Danie,
ja gern du (oder ihr) könnt gern mal hier zu uns kommen, aber in der Tschechien gehn wir eigentlich wenig (mit LKW war ich früher ein paar mal da)- nur jedes Jahr ein mal an den Asia Dragen Bazar in Chep - ist ein großes Gelände mit "echt"

43

vielen asiatischen Märkten - da gibt es fast alles! Und ich geh da als, so alle 2 Monate nach Franzenbad zur Thai-Massage - ist da billig und echt gut (wegen meinem Rücken) - der ist dann immer wie "neu" (jetzt schon lange nicht mehr "Corona"). Unter dem Dach von unserem Haus hab ich auch ein Gästezimmer mit Toilette gebaut, - da könnt ihr auch mal ein paar Tage bleiben (wenn ihr möchtet).

Das mit dem Kanu - auch gute Idee, aber das sollte schon ne 1 bis 2 tägige Tour werden (Wochenende), am besten das wir am Ausganspunkt zurück kommen. - Wir wollen nächstes Jahr im Urlaub in die USA oder in die Philippinen (wenn das klappt wegen Corona) ...

--- Mit meinem eigenen Motorrad komm ich auf jeden Fall in die Schweiz (-mieten geht gar nicht-)! --- Würde dann zuerst mal vorschlagen, das ich Ende Mai Anfang Juni mal bei dir vorbei schau (mit Motorrad) - wir ne tolle Tour in der Schweiz machen (vielleicht weißt du nach der Tour nen schönen Platz wo wir mit Schlafsack ein Feuer machen könnten, einen feinen Wein (oder ein, zwei Bier für mich) trinken können und da auch übernachten können - im Schlafsack ...). Und wenn wir uns verstehn - gern auch die Kanu Tour danach, du vielleicht mit deinem Mann in deinem Kanu und ich bring meine Frau oder mein Sohn mit (in meinem Kanu) - zu zweit ist besser auf einem See "das Kanuwandern"
.
Wanderungen machen wir dann in Skandinavien bestimmt genug...

Gruß Noby

44

Gesendet: Freitag, 30. Oktober 2020, 9:39 Uhr

Hallo Danie,
hab mal "für die baltischen Staaten" was rausgesucht ... - Was vielleicht interessant wäre an zu steuern - was hälst du davon, - oder was wären deine Ideen und Vorschläge?
Hab dir was im Anhang ... Gruß Noby

Litauen: https://www.schnieder-reisen.de/litauen/sehenswertes/
1.) Burg auf dem Wasser --- Nicht weit von Vilnius liegt Trakai
2.) Dünen und Fischerdörfer --- 100km lange Halbinsel (Russland / Litauen)
3.) Berg der Kreuze --- im Norden – nahe Siauliai
Lettland: https://www.schnieder-reisen.de/lettland/sehenswertes/
4.) Jurmala --- Schwefelquelle / Seebadatmosphäre
5.) Kemeri – Nationalpark --- Sumpf und Moorlandschaft
6.) Livland --- Ursprüngliches - kl. Orte, wundersch. Küsten
7.) Gauja – Nationalpark --- Mit Kanu erkunden
Estland: https://www.schnieder-reisen.de/estland/sehenswuerdigkeiten/
8.) Pärnu /Stadt schöner Sandstrand, Schlammbadeanstalt und Erholungsort
9.) Tallinn --- Hafenstadt - Überfahrt nach Finnland
10.) Halbinsel Kasmu --- Lahemaa – Nationalpark, Land der Buchten
11.) Burg Rakvere --- Burgruine mit kostümierten Darstellern
12.) Kloster Pühtitsa --- Von Nonnen bewohnt

45

Hallo Danie,
hab auch mal in Finnland "--- also --- da die Nationalparks zusammen gesucht", dort sind denk ich viel Natur und *Kanutouren* angesagt und in Norwegen noch mehr Natur und tolle, große *Wanderungen*!

Schau dir das bitte mal an - gib deinen Kommentar und ergänze deine Wünsche und Vorstellungen - was du noch machen willst, oder wo du noch hin willst (also, wenn du mal Zeit und Lust hast " - noch lange bis es *"endlich"* los gehen soll") ...

Gruß Noby 😊

PS. Wenn ich zu viel eMail sende - einfach ne kuze Mitteilung --- und dann halt ich mich zurück ... (bin grad etwas im Reisefieber ...)

Den Urlaub in Norwegen verbringt man am besten an der frischen Luft. Hier warten bergige Wanderrouten, steile Fjorde oder glasklare Gewässer zum Angeln auf abenteuerlustige Aktivurlauber. Lasst euch von der Schönheit Norwegens verzaubern!

Erklimmt den Preikestolen Neben einem Ausflug zum Gerigangerfjord gehört auch eine Tour zum Lysefjord auf die To-Do-Liste eines jeden Aktivurlaubers. Nach einer kurzen Wanderung und ein wenig Klettern erreicht man den Preikestolen, eine mehr als 600 Meter hohe und steil abfallende Felsplattform am Rande des Fjordes. Wer es hier hoch geschafft hat, kann entweder die Aussicht über den Lysefjord und die angrenzenden Berge genießen – oder sich wagemutig beim Base-Jumping von der Klippe stürzen.

Klettert auf die „Trollzunge" Den Aufstieg zur Trolltunga – ins Deutsche übersetzt „Trollzunge" – sollten nur erfahrene Wanderer in Angriff nehmen. Man erreicht den flachen Felsvorsprung, der mit seiner 10 Meter langen Spitze tatsächlich einer großen Zunge gleicht, ausschließlich zu Fuß. Und die Wanderung hat es in sich. Möchte man zum Aussichtspunkt der Felsformation direkt über dem See Ringedalsvatnet gelangen, legt man in etwa 20 Kilometer zurück. Da die Touren einen ganzen Tag in Anspruch nehmen, ist es stets ratsam, sich vorab über die Wetterlage zu informieren.

Kommt zum Angeln in die Lofoten Dass Norwegen bei Anglern eine besondere Faszination ausübt, wird vor allem auf den insgesamt 80 Inseln der Lofoten deutlich. Insbesondere zwischen Januar und April, also zur besten Zeit für den Fang von Dorschen, machen sich Angler auf zur Inselgruppe im Norden des Landes. Die fischreichen Gewässer locken aber nicht nur Angler, sondern auch faszinierende Meeresbewohner an. Wer sich einer Bootstour anschließt, bekommt mit etwas Glück Robben oder sogar Schwertwale hautnah zu Gesicht.

In Südnorwegen - das größte Unterwasserrestaurant der Welt
Genießen Sie ein außergewöhnliches Dinner unterhalb des Meeresspiegels im *Under*, Europas erstes und weltweit größtes Unterwasserrestaurant. Hier in Lindesnes speist man in etwa fünf Metern Tiefe.

Wandern:

48

Gesendet: Sonntag, 1. November 2020, 18.46 Uhr

Hallo Noby

Ich freue mich jedesmal, wenn ich von dir höre. Selber war ich grad ein bisschen beschäftigt, darum konnte ich nicht zurückschreiben. Ich schätze es immer, wenn Du Dein Reisefieber mit mir teilst. Manchmal ist eine Rückantwort halt nicht gleich möglich und die tollen Beilagen wollte ich mir schon auch genau anschauen. Danke für die Vorschläge für die baltischen Staaten und insbesondere auch Norwegen mit den Nationalparks und die Bilder-Highlights. Das macht die Vorfreude umso grösser und bestätigt mich, im hohen Norden wirklich längere Zeit zu verbringen. Zelt, Kanu (mit Angelzeug) und Wanderschuhe müssen da unbedingt dabei sein.

Das mit der Motorrad-Tour können wir für Mai 2021 einplanen. Das mit der Kanutour entlang der Ufer des Vierwaldstättersees natürlich auch. So wie ich meinen Mann kenne wird er aber nicht dabei sein wollen. Er ist nicht wirklich ein guter Schwimmer, Kanu sagt ihm gar nichts und Schlafen im Zelt ist für ihn die allerletzte Schlafmöglichkeit. SMILE. Das ist ja eben der Grund wieso ich einen Reisepartner suche, der das gerne macht. Hans-Peter und ich verstehen uns wirklich gut, die Interessen und Aktivitäten liegen einfach schon ein bisschen weit auseinander. Das Pilzesuchen haben wir gemeinsam, wie gutes Essen (zusammen kochen) und ein Glas guten Wein.

49

Danke auch für die Einladung zu Dir. Vielleicht klappts ja mit einer Tschechei / Slowakei – Reise, wo wir noch gute Freunde haben. Ein Schweizer-Ehepaar, das dieses Jahr ausgewandert ist. Dagmar, die Frau ist Slowakin.

Du hast mal erwähnt, dass Deine Frau immer etwas komisch reagiert, wenn Du von mir und den gemeinsamen Reiseplänen sprichst. Das ist mir bei Hans-Peter auch aufgefallen. Er sagte sogar, dass er mich in den hohen Norden auch begleiten würde. Nur kann ich mir nicht vorstellen, dass er sein Geschäft ein paar Monate zumacht um auf Reisen zu gehen und zur Pensionierung in 8 Jahren will ich nicht warten. Ich weiss auch, dass er so verkrampft im Kanu sitzen würde, nur um mir einen Gefallen zu machen. Das macht dann keinen Spass für beide, man muss sich ja wirklich nicht verbiegen.

Bisher hatte ich bei längeren Reisen immer einen Reiseführer (z.B. von MarcoPolo) in Buchform dabei, heute gibt es diese ja auch auf E-Book. Ich werde mir bestimmt so etwas zulegen und schaue nächstens Mal in unserer Bibliothek, ob die Material vom Norden haben. Vielleicht ist es auch gut, die Reise gar nicht ins Details zu planen. Das gibt dann einfach die Möglichkeit, wo es einem gefällt etwas länger zu bleiben und sich etwas besser mit dem Wetter zu arrangieren. Die grossen Touristen-Hotspots findet man ja immer und die sind ja wirklich schön. Da auf dem Preikestolen zu stehen oder auf der Trollzunge zu sitzen, da freue ich mich drauf, ebenso wie die Wanderungen in der tollen Natur....und in Lindesnes bist Du von mir zum Nachtessen eingeladen. Bitte erinnere mich dran, sollte ich das vergessen.

Beste Grüsse und einen guten Wochenstart.
Daniela

Gesendet: Sonntag, 1. November 2020, 20:24 Uhr

Hallo Danie,
bin grad wieder dran --- zu planen --- vorher noch was: Ich hasse das auch - an so Sehenswürdigkeiten zu fahren , Foto machen - und weiter ... Die Planung "jetzt" ist einfach, das wir die Möglichkeiten sehn - wohin wir wollen oder was wir anschaun möchten. Mein Grundsatz: "Der Weg ist das Ziel". Und wir machen das so wie du sagst - wo es uns gefällt bleiben wir! Zurüch zu: "Bin grad wieder am planen - was hälst du davon, wenn wir in Finnland die Bärenrunde (Karhunkierros) machen - sind so ca. 95km wandern (in 5 bis 7 Tagen). Da könnten wir Finnland wirklich kennen lernen! - Etwas Sorgen macht mir, wenn wir Bären oder Wölfen begegnen, - aber da laufen ja viele Wanderer diesen Weg und du bist ne Jägerin. In Alaska war ich auch immer im Zelt über Nacht unter Wölfen und Bären - möcht da gar nicht wissen was da Nachts alles vorbei gelaufen ist ...
Wenn du nicht gleich antwortest, das ist überhaupt kein Problem - freu mich aber auch immer von dir zu hören ...
Und ich hoffe jetzt auch, das wir diese Reise zusammen machen können - müssen einfach abwarten ob unsere Partner soviel Vertrauen zu uns haben und uns ziehen lassen. Hoffe das wir uns alle mal treffen können und schaun dann einfach mal ...

51

Unsere Mieterin ist übrigens auch aus Slowenien, wohnt mit ihren 2 Buben und ihrem deutschen Freund seit fast 2 Jahren im 1. Stockwerk bei uns, - wir verstehen uns recht gut und machen als auch was zusammen.
Gruß Noby

Gesendet: Montag, 2. November 2020, 10:06 Uhr

Hallo Noby
Ich habe mir das mit der Bärenrunde angesehen. Tönt hervorragend. Diese Zeit sollten wir uns nehmen. Betreffend Bären habe ich gelesen, dass da seit 25 Jahren keiner mehr gesehen wurde. Zudem gibt es ja diese Hütten, die auf einer Seite auf sind. Wir werden unsere Bärenpfeife dabei habe und ich meine Steinschleuder. SMILE. Vielleicht nehme ich meine Wärmebildkamera mit, dann sind die Beobachtungen auch nachts möglich und man weiss, was um's Zelt schleicht. Ich denke nicht, dass das gefährlich ist....die Route wird ja viel «bewandert». Zudem sind die Tiere meist seeeeeeehr scheu, ausser die Jungen sind in der Nähe. Vor Wölfen fürchte ich mich im Sommer auch nicht. Nur im Winter können sie gefährlich werden, wenn das Nahrungsangebot durch den Homo sapiens ergänzt werden könnte. SMILE Ich sehe eher, dass der Rucksack etwas schwer wird, wenn man Verpflegung für eine Woche dabei hat. Das schaffen wir. Wäre wirklich cool so etwas zu unternehmen.
Du scheinst ja ein richtig guter Handwerker zu sein. Du hast mal geschrieben, dass Du das Dach ausbaust in Deinem Haus für Deinen Sohn. Dann hast Du wohl ein grosses Haus und da ist immer was zu tun. Wir hatten am Wochenende die

52

Sträucher geschnitten, sind noch nicht fertig, doch alle Kübel sind schon voll mit Schnittzeug. Ich mache das noch recht gerne. Und sonst habe ich auch keine linken Hände und packe gerne an.

Beste Grüsse Daniela

Gesendet: Montag, 2.11.2020, 11:38 Uhr

Hallo Danie,
also wegen den Bären (in Google): In den finnischen Wäldern gibt es übers ganze Land verstreut nach wie vor Braunbären (Ursus arctos) in freier Wildnis. Die Angaben über ihre Anzahl schwanken stark und reichen von 700-1200 Tiere. Immer wieder kommen auch Bären über die russische Grenze "zu Besuch". Sind aber "glaub" nicht wirklich gefährlich, - außer sie riechen die Lebensmittel, - die wir im Rucksack mitnehmen müssen. Müssen "dann" halt auch planen wie wir das mit Auto und Wohnwagen machen, --- die Wanderung "dann" einfach gut organisieren.
Ja ich mach sehr viel ums - und im Haus (hab Maler u. Lackierer gelernt), mein "nächstes größeres Projekt" (wenn ich in Rente bin). Im Keller hab ich einen etwas größeren Raum - wo jetzt noch Heizöltanks drin stehen - die muß ich erst leer machen (haben Gasheizung und brauchen die Tanks nicht mehr), dann will ich da ein Wellness-Raum draus machen. Also möcht da ein Whirlpool in den Boden einlassen wo man dann zuschieben kann, ein paar Sportgeräte und ne kl. Sauna soll da auch noch rein. --- Mach das sehr gern, - planen, - ausbauen - und wenn es dann fertig ist - genießen - ...
Gruß Noby ☺

Hallo Noby

Das würde mich schon sehr freuen, Bären in der nötigen Distanz und in der freien Wildbahn zu beobachten. Den Umgang mit den Lebensmitteln in Bärengebieten hast Du ja bestimmt in Griff, seit Deiner Kanutour. Ich bin der Meinung, irgendwann mal gehört zu haben, dass man diese in Distanz an einen Baum hängen soll.

Jetzt habe ich mir aus der Bibliothek die richtigen Reiseführer geborgt. Ich kann die jetzt 3 Monate behalten und werde darin «stöbern». Wie machen wir das mit bzw. gegen die Mücken? Wie ich lese, kann das eine richtige Plag sein.

Als Hauseigentümer hat man immer etwas zu tun. Du scheinst da ja auch noch ein paar Projekte zu haben. Toll, wenn man das (zum grössten Teil) selber machen kann.

Gestern war wieder Jagdtag. Wir haben coronabedingt keine Gäste dabei und im Jagdhaus setzen wir Masken auf und am Morgen erklingen keine Hörnerklänge. Ich spiele auch so ein Jagdhorn. Die Töne werden mit den Lippen geformt. Wir üben jeweils am Montagabend den Sommer hindurch, damit wir im Herbst «Ansatz» haben, weil wir ja alle keine Profis sind. Schon etwas komisch, wie Corona auch auf der Jagd Einzug hält. Wir sind jeweils eine kleine Truppe. Gestern 8 Flinten und 5 Treiber, 2 Jagdhunde. Es regnete fast den ganzen Tag mit leichtem Wind. Trotzdem hatten wir eine Strecke von 3 Rehen und

1 Fuchs. Ich hatte auch Weidmannsheil. So koche ich nun heute «Rösti und Rehleber». Richtig und lecker zubereitet schmeckt das super.

Beste Grüsse Daniela

gesendet: Freitag, 6. November 2020, 8:14 Uhr

Hallo Danie,
ja auf Bäume hängen ist schon gut, aber Braunbären können auch auf Bäume klettern, - wichtig ist einfach - weg vom Zelt, - sonst könnte er rein kommen wollen (so`n Bär im Zelt - muß nicht unbedingt sein - wird zu eng !). Aber wie du bereits erwähnt hast gibt es da ja oft Hütten unterwegs und wir müssen "vielleicht" gar nicht im Zelt übernachten, --- was evt. aber doch schöner wäre - so am Lagerfeuer kochen und nette Gespräche führen ... Was gegen die Mücken sollten wir schon immer dabei haben, ich hab eigentlich meißtens gleich Feuer gemacht, wenn ich irgendwo an Land gegangen bin, - das hilft etwas gegen die Plagegeister (auf dem Wasser hat man "relativ" Ruhe - der Wind)!

Und hat das Rösti und die Rehleber geschmeckt, - ich mag eigentlich Wild nicht wirklich - hat schon einen eigenen Geschmack!

Gut - das du noch in einer Bibliothek so Reiseführer geborgt hast! Schau du mal, - was für dich noch interessant ist und was du sehen und erleben willst dort, - bin gespannt auf deine Recherchen ...

Gruß Noby

55

Gesendet: Mittwoch, 11. November, 12:04 Uhr

Hallo Noby
Ich hoffe es geht Dir und der ganzen Familie gut.
Bei uns ist alles ok, alle sind gesund und munter.
Was hälst Du eigentlich von Corona?
Die Reiseführer für den Norden habe ich in unserer
Dorf-Bibliothek geholt. Ich komme aber kaum
dazu, darin zu stöbern....es ist ja auch noch weit
weg. Auf alle Fälle melde ich mich, wenn ich
interessante Plätze und Sehenswertes finde.
Aktuell bin ich am «winterfest» machen. Mein
Motorrad habe ich nochmals aufgetankt und
zugedeckt. Nimmst Du jeweils die Batterie raus
oder steckst Du die Batterie an ein Batteriekabel?
Die Sträucher ums Haus sind auch bald alle
geschnitten, den Rest erledigen wir am
Wochenende.
Jetzt habe ich eine coole Aufgabe im Internet
gefunden. Ich bastle mit Alu-Dosen für meine
zukünftigen Wanderungen «ultralight Kocher». Vier
Stück habe ich bereits gemacht, jetzt will ich sie
dann noch testen. Die sind sehr klein, sollen
effektiv sein und wirklich leicht zum Mitnehmen.
Das nächste Projekt ist ein «ultralight Holz-
Kocher»... Macht sehr Spass sich auch auf diese
Weise auf Reisen vorzubereiten. Ich staune immer
wieder wie viele tolle Ideen die Leute ins Netz
stellen.
Morgen gehe ich mit meinem Sohn zum Angeln. Ich
hoffe wir fangen ein paar Forellen, die ich dann in
meinem Räucherofen räuchern will.

Beste Grüsse
Daniela

56

Gesendet: Mittwoch, 11. November, 13:40 Uhr

Hallo Danie, also,
wegen dem Corona - ich denk, das ist eine andere/schlimmere Art der Grippe bei der die Mediziner "noch" kein Heilmittel gefunden haben. Es sterben Menschen auch an der normalen Grippe nur wurde das nie richtig bekannt gemacht. Das mit diesem Corona ist "anscheinend" wirklich sehr ansteckend, aber ich weiß nicht recht - ob die Gegen-Maßnahmen nicht zu streng sind (ich hab bis jetzt noch keinen gesehn der Corona hat). Vielleicht sollten "wirklich alle" Leute 1 oder 2 Wochen das Haus nicht verlassen, - dann kann sich der Virus nicht weiter verbreiten - und ist dann (zum gößten Teil) weg ...

Ich hab im Moment etwas Probleme mit meiner Frau - "wir haben uns getrennt", wollen aber noch bis unser Sohn selbstständig ist zusammen bleiben und zusammen leben (glaub aber - das wird wieder)! Sie hat von Anfang an gesagt - sie will später mal in den Philippinen sterben und begraben werden (kauft da auch schon ne Eigentumswohnung in Manila). Ich wollte mitkommen unser Sohn nicht (dem gefällt es hier besser), - so war der Plan. - Hei ja - mal schaun, was die Zukunft noch alles bringt. Und sie will euch jetzt auch nicht mehr kennenlernen, - der Grund ist also nicht nur wegen meiner Reise mit dir ... --- diese Reise will ich auf jeden Fall machen und ich hoffe das wir uns im wirklichen Leben auch so gut verstehen, - wir Freunde werden - und das klappt ...

Hab die Batterie von meinem Moped in den Keller gestellt und lad die so im Januar 1 mal auf - dann kann der Mai kommen und los geht es wieder ...
Wir haben auch das ganze Laub ums Haus zusammen gemacht, die Hecke schneid ich am Samstag noch nach, - dann kann der Winder kommen.

Das mit dem «ultralight Kocher» hört sich interessant an, --- wie funktioniert das?

Gruß Noby

Gesendet: Montag 16. November 2020, 18:47

Hallo Noby
Ich hoffe für Dich, dass sich die Probleme mit Deiner Frau zum Guten lösen. Das tut mir sehr leid, wenn
da Spannungen da sind, die es anzupacken und zu bereinigen gibt. Doch die richtige Lösung könnt nur
ihr beide finden. Ich wünsche Dir/Euch auf alle Fälle viel Glück, Geduld, Verständnis, Fürsorge füreinander....

Nun bin ich schon etwas hin und her gerissen. Ich weiss nämlich nicht, ob es gut ist, wenn ich da immer mit
unseren Skandinavien-Plänen zwischen euch «funke». Vielleicht sollten wir eine Pause einlegen, bis sich das bei Dir etwas beruhigt oder gelöst hat? Wahrscheinlich wärst Du auch vom Kopf her freier, Dich den

Ehethemen besser annehmen zu können? Es ist kein Problem mal auf Funkstille zu gehen, wir haben für
das Projekt ja genügend Zeit im Vorlauf.

Zum ultralight Kocher gibt es ganz verschiedene Modelle, die man selber machen kann aus Aludosen (Bier, Energie usw.) Es funktioniert mit Spiritus perfekt, hab's am Wochenende getestet. Jetzt will ich es dann noch mit einem Holzkocher probieren. Mein technisches Ungeschick überbrücke ich dann jeweils mit meiner Kreativität. SMILE.

Beste Grüsse Daniela

Gesendet, Montag, 16. November 2020, 18:49 Uhr

Hallo Danie,
seid ihr fertig geworden mit Sträuchern schneiden um euer Haus und was gefangen beim Angeln?
Bei mir gibt es eigentlich nix neues - hab am Sonntag wieder ne kl. Wanderung gemacht (7km). Und wie ich dir schon berichtet hab, vor einiger Zeit ne Drone gekauft, aber noch nie ausprobiert. - Hatte vorher schon mal eine kleinere gekauft, aber die ist überall hingeflogen, nur nicht dahin - wo ich wollte, - die neue hat jetzt GPS und ein paar andere Hilfsmittelchen - macht tierischen Spaß die zu fliegen ... Macht auch tolle Bilder und Videos (brauch nur noch was zum easy-transportieren, hab da ein Schweizer Gebirgskraxe M75 im Auge). Bei meinem letzten Mail hab ich dir schon mal die Frage gestellt wegen dem "ultralight Kocher", --- was verwendest du da als Brennstoff, --- mit Holz

- ob das funktioniert - bin ich mal gespannt auf dein Ergebniss ...
Hab mich auch etwas über Solarstrom für den Wohnwagen Gedanken gemacht, - das ist also auch ganz schön Gewicht und dann noch einer 2. Batterie!? --- Im Moment hab ich im Kopf - ne schalldichte Kiste zu bauen und die hinten, oder auf der Deichsel vom Wohnwagen anzubringen und den Generator doch mit zu nehmen, dann wären wir wirklich ""autark"" und hätten genug Strom, --- aber alles nur erst mal eine Idee ...
Gruß Noby

Gesendet: Montag, 16. November 2020, 18:57
Von: Noby, An: Daniela

Hallo nochmal ... also - ich brauch also bestimmt keine Funkstille und wir können gern in Kontakt bleibe, solange wir was zu schreiben haben.

Tschau

Gesendet: Dienstag, 17. November, 11.53 Uhr

Hallo Noby
Jetzt haben wir wohl fast zur gleichen Zeit den gleichen Gedanken gehabt (16.11.2020 18.50) .....
Ich kam nur nicht zum Fertigschreiben dieser E-Mail, deshalb geht's jetzt (17.11.2020, 11.39) weiter.

Ja, Sträucher schneiden ist fast fertig. Die Winterblüher lassen wir noch etwas blühen und schneiden sie dann im Januar.

Ich habe am Wochenende auch eine Wanderung gemacht mit meiner Tochter und unserem Hund, auf den Hausberg Napf, ist auf 1414 m über mehr, steiler Aufstieg, in einer Stunde ¼ ist man oben und dann geniesst man einen herrlichen Ausblick bis in den Schwarzwald, wenn das Wetter ganz klar ist. Die schneebedeckten Eiger, Mönch, Jungfrau auf der anderen Seite und sämtlich Innerschweizer Berge vor dem Auge. Hat richtig Spass gemacht. Wir haben dann noch im 6grädigen, kalten Wasser eines Wallfahrtortes eine kleine Kneipptour gemacht (nicht Kneipentour). SMILE

Ich dachte mir nur wegen der Funkstille, dass Du Dich vielleicht besser um Euer Ehethemen kümmern könntest und durch mich nicht immer abgelenkt wirst. Aber es ist ok, wir schreiben uns, wenn wir etwas auszutauschen haben.

Das mit der Drohne muss cool sein. Da ich aber ein technisches Ungenie bin, könnte ich sie wahrscheinlich kaum bedienen. Und Bilder aus Vogelperspektive anzuschauen ist wirklich ein ganz neuer Blickwinkel von den Dingen.

Du schreibst von autark sein mit dem Wohnwagen. Weisst Du, ich kenne mich mit diesen Dingern gar nicht aus und war eigentlich nie ein Wohnwagen-Fan. Ich hatte bisher immer ein Zelt dabei. Natürlich auch mit Stuhl und Tisch usw. Gewisse Annehmlichkeiten dürfen ja auch sein. Ich habe mich damit immer sehr flexibel und insbesondere auch sehr mobil gefühlt. Ich kann mir nicht vorstellen, dass man ein Wohnwagen-Gefährt (Zugwagen und Wohnwagen) so weit weg von der der Zivilisation hinstellen kann. Da ist man doch mit dem Auto flexibler, insbesondere wenn es ein 4 x 4 ist.

Also schreiben wir uns weiter, wenn wir was auszutauschen haben. Ich freue mich immer, von Dir zu hören.

Beste Grüsse Daniela

Gesendet: Dienstag, 17. November, 13:40 Uhr

Hallo Danie,
- ja, - ok - ich hab eigentlich auch meißtens bei meinen Reisen im Zelt übernachtet, - aber man wird halt älter 😊! Vor ca. 10 Jahren hab ich mal ein Wohnmobil gemietet für 2 Wochen (in die Niederlande) --- und jetzt hab ich mir den Wohnwagen dieses Jahr gekauft und wir haben den auch das erste mal für eine Woche zur Nordsee ausprobiert --- und gefällt mir wirklich recht gut ... Also wir sollten schon ehrlich, offen und direkt sein (damit es keine Mißverständnisse gibt), - willst du mit deinem Auto fahren oder fahren wir gemeinsam mit dem Wohnwagen (und meinem Auto)?
Und deine Worte: "Ich kann mir nicht vorstellen, dass man ein Wohnwagen-Gefährt (Zugwagen und Wohnwagen) so weit weg von der der Zivilisation hinstellen kann". --- Das geht glaub schon - in Skandinavien, die Leute sind da echt nett und es gibt sehr wenig Kriminalität. Und so ins Gelände fahren wir denk auch nicht das wir 4x4 brauchen - da wandern wir dann lieber ... - Wie siehst du das?

Gruß Noby

62

Gesendet: Dienstag, 17. November, 18:14 Uhr

Hei Danie

--- 😀 *schon wieder* 😀 .... --- ich weiß es ist noch ne halbe Ewigkeit bis es endlich los geht und es ist immer noch nicht richtig klar ob wir das zusammen machen (aber ich hab da so ein Gefühl, das das mit unserer gemeinsamen Reise was werden könnte).

Also, nur mal so - für den Überblick - wie gesagt "der Weg ist das Ziel", - kann je nach Situation wieder geändert werden:

Reisezeit: (Freitag)1.7.22 bis (Donnerstag) 15.9.22 = 77 Tage (on the road)

Je mehr man in den Norden kommt, desdo länger ist der Tag (Nördl. Polarkreis vom 12.6. bis 1.7.)

Am Nordkap sogar bis 29.7. - ist die Mitternachtssonne ...

wenn du nichts dagegen hast besuchen wir kurz einen Freund, der wohnt in 03253 Doberlug "als Einsiedler" (ist auf unserem Weg, ein richtig guter Freund von mir, sympatischer Typ)!

Grobplan der Reise

Ralf   1 Tag in Doberlug
1. - 2.7. (ist einfach die erste Übernachtung bei ihm auf seinem Grundstück)
Polen   3 Tage
2. - 5.7.

63

Litauen	10 Tage
5. - 15.7.	
Lettland	10 Tage
15. - 25.7.	
Estland	10 Tage
25. - 4.8.	
Süd-Finnland	10 Tage
4. - 14.8.	
Ost-Finnland	10 Tage
14. - 24.8.	
Hütte in Lappland	7 Tage
24. - 31.8.	
Norwegen- zurück	15 Tage
31. - 15.9.	

Nordlichter kann man am besten zwischen September und März beobachten (da wird es dunkler - Polarnacht)...

Gruß Noby 😊

Gesendet: Donnerstag, 19. November, 11:38 Uhr

Hallo Noby
Ich verstehe sehr gut, dass Du wissen willst, ob ich die richtige Begleiterin für die Skandinavien-Reise im 2022 bin. Leider hat das Treffen anfangs November nun infolge Corona nicht stattgefunden. Es hätte uns beiden mehr Gewissheit gegeben, ob wir zusammenpassen. Auch ich habe aufgrund unseres E-Mail-Austausches ein gutes Gefühl. Doch wir müssen uns unbedingt persönlich kennenlernen. Sollten die Grenzen bald wieder aufgehen so holen wir das mit hoher Priorität nach. Mein Navi zeigt mir an, dass es zu Dir rund 580 km sind, Fahrtzeit knapp

6 Stunden.....Ich hoffe, Du verstehst das, dass ich eine definitive Zusage erst machen kann, wenn ich Dich persönlich kennengelernt habe.

Auch die unbeantwortete Frage nach dem eigenen Auto oder mit Dir und dem Wohnwagen können wir dann bestimmt klären. Meine Zurückhaltung/Nicht-Festlegen-Wollen kommt wohl daher, dass ich mich nicht gerne in Abhängigkeiten begebe, wenn ich die Situation nicht genau kenne. Ich bin froh, wenn Du mir da noch etwas Zeit geben kannst und ein persönliches Treffen danach zum «defintiven Commitment» führt. Sollte Dir das zu lange gehen, so habe ich natürlich auch Verständnis, wenn Du weiter schaust betreffend weitere Reisepartner-Möglichkeiten und bestimmt hast Du ja auch andere Kontakte erhalten. Bitte werte meine aktuelle Zurückhaltung nicht als Absage. Auch ich habe grundsätzlich ein gutes Gefühl, doch will ich dich einfach vorher persönlich kennenlernen. Und Du hast absolut recht, dass wir zueinander offen und ehrlich sein sollen.

Wir sprechen grundsätzlich vom Gleichen. Ich will, wie Du, den Norden kennenlernen und längere Zeit dort verbringen (nicht alleine sondern mit einem tollen Kumpel) und dort die Natur, Sehenswürdigkeiten und die Leute näher kennenlernen. Du bist da schon voll drin, in der Skandinavien-Planung. Schön, dass Du Dich so intensiv damit beschäftigst.

Untenstehende Grobplanung mit den Tagen passt. So auch der Besuch bei Deinem Freund, der ein «Einsiedler» ist. Ich würde ihn gerne kennenlernen.

65

Du hast Dich zeitlich auf den 1.7. oder 15.9. festgelegt. Eine gute Zeit um in den Norden zu reisen. Musst Du am 15.9. fix zurücksein oder sind die Daten (plus/minus ein paar Tage) je nach Situation anpassbar. Ich denke, 77 Tage sollten wir uns unbedingt Zeit nehmen. Weisst Du, ich habe mir auch schon überlegt, wie ich dann zu Dir komme mit meinen Sachen usw. Für mich ist es schon ein Schritt meine «eigenen vier Wände» zu verlassen und voll auf Dein «Eigentum» abzustellen. Sicherlich werde ich damit umgehen können, wenn ich Dich als Mensch auch persönlich kenne.

Das hat wahrscheinlich viel mit Vertrauen zu tun. Ich meine, dass ich Dir auch voll und ganz vertrauen kann. Nur über Internet geht das bei mir einfach nicht.

Ich wünsche mir wirklich ganz fest, dass Du dieser Kumpel/Freund bist, mit dem man «Pferde stehlen kann», wie man so schön sagt.

Beste Grüsse Daniela

PS: Ein Budget habe ich auch gemacht, wie Du.

Gesendet: Donnerstag, 19. November, 16:34 Uhr

Hallo Danie,
danke für dieses eMail von dir - du spricht mir aus der Seele - genau so geht es mir (wenn ich mit jemand zusammen so eine Reise machen will)!
Hast du eigentlich eine Anhängerkupplung an deinem Auto, dann könnten wir dein Auto und mein Wohnwagen nehmen!?

Wenn wir uns unterwegs nicht mehr vertragen - versuch ich mir bei AVIS oder so ein Auto mit Anhängekupplung zu leihen und alles ist gut, - oder du benutzt den WoWa weiter und bringst ihn allein nach Hause und ich miete mir dann ein Auto ohne, wenn ich keinen mit AK finden kann! (sollte aber nicht grad am Anfang der Tour schon sein). Das andere Problem ist halt - ich hab ein Diesel (billig-Sprit) und du denk mal ein Benziner (teuer-Sprit), - oder? - Macht dann so 700,- mehr! --- Schaun wir mal ...

Das mit dem Stromgenerator mit nehmen hab ich fallen lassen, - hab mir eine Solarbatterie bestellt (4 bis 5 mal mehr Strom wie ne normale Batterie) -- und hab einen Plan gemacht-- - lade die Batterie während wir fahren - und können dann bis 5 Tage autark sein - und wenn der Strom doch aus geht, lassen wir das Auto 30 Minuten oder ne Stunde im Stand laufen, dann müßte die Batterie wieder voll sein. Werde das "dann" umsetzen (also einbauen) und ausprobieren... Das mit dem Generator ist nicht naturverbunden, umständlich und etwas geräuschvoll --- passt nicht!

Dein Budget-Plan ist gut, - aber du hast glaub (?) was vergessen - würde echt gern Ende August "eine Hütte am See in Lappland" für ne Woche oder so mieten, hoffe da auch das Nordlicht zu sehen und viele Fische zu fangen ... Hättest du Lust auf so einen Hüttenaufenthalt, bevor wir ans Nordkap hoch fahren und dann über Norwegen gemütlich zurück ...

Ahh - ja, - der Zeitplan ist bei mir auch flexibel, - könnten bleiben (- wenns passt -) bis einem von uns das Geld aus geht ...

Gruß Noby

Gesendet: Dienstag, 24. November, 09.22 Uhr

Hallo Noby
Ich danke für Dein Verständnis und es stimmt
mich zuversichtlich und bestätigt, dass wir doch
sehr ähnlich «ticken». Wir werden uns, sobald
Corona etwas «verflogen» ist, persönlich kennen
lernen.

Leider habe ich keine Anhängerkupplung an
meinem Ford Kuga. Ich musste vor 3 Jahren mein
Auto wechseln, da mein Touran einen Totalbrand
hatte. Ist am Waldrand vollständig ausgebrandt.
Ich war auf einem Pirschgang und ein
Spaziergänger machte mich darauf aufmerksam,
dass vorne beim Motor Flammen züngeln. Sofort
stellte ich das Fahrzeug ab und vergewisserte
mich, dass das so ist. Ich konnte dann noch
meinen Hund aus der Box nehmen und mein
Gewehr retten und der Spaziergänger und ich
begaben uns in den nötigen Sicherheitsabstand.
Der Touran ist innerhalb weniger Minuten
vollständig ausgebrandt. Die alarmierte Feuerwehr
konnte nichts mehr retten. Es gab dann noch ein
polizeiliches Verfahren (ist so üblich bei
brennenden Autos) und einen richterlichen
Beschluss, dass ich unschuldig sei.
Beziehungsweise, man stelle fest, dass ich das
Auto nicht angezündet hatte, sondern, es durch
einen technischen Defekt in Brand geraten war.
Meine Männer (Hans-Peter mein Mann und
Severin mein Sohn) haben mich dann in der Wahl
des neuen Autos beraten und wir kamen auf einen
Ford Kuga. Zur Auswahl stand damals ein 2,4 Liter
mit Anhängerkupplung und ein 2,0 Liter ohne. Ich
habe mich für den kleineren entschieden. Es ist

68

übrigens ein Diesel-Fahrzeug, hat mittlerweile auch schon seine 150'000 km auf dem Tachometer.

Solarbatterie statt Stromgenerator ist, wie Du selber sagst, die naturverbundnere und leisere Variante für ein «autarkes Campen». Da verlasse ich mich ganz auf Dich. Wichtig scheint mir insbesondere, dass das Auto dann wieder läuft, wenn es weitergeht. Früher hatte ich immer ein Ueberbrückungskabel dabei um es mit einem anderen Auto kurz zu schliessen. Heute weiss ich nicht mehr, wie das geht.

Die Lappland-Hütte muss natürlich mit auf's Programm. Auf alle Fälle wäre so ein Hüttenaufenthalt toll. Das habe ich im Budget glatt vergessen, ist aber kein finanzielles Problem, wenn unsere Tour ein bisschen mehr kostet. Ich freue mich schon jetzt aufs Angelen. Uebrigens hast Du einen Räucherofen? Das ist so ein kleines Ding aus Metall (25 x 50 cm, 10 cm hoch), wo man mit Sägemehl räuchern kann. Ich mache das regelmäsig Zuhause. Die Fische schmecken suuuuuuper und man kann sie erst noch länger aufbewahren.

...und das mit dem Auto mieten, wenn wir uns verkrachen würden, ist ja auch eine Option.....sowohl für Dich wie für mich.

Morgen ist wieder ein Jagdtag eingeplant. Es ist mittlerweile schon recht kalt, doch der Jäger hat ja bekanntlich gute Kleider, um den ganzen Tag draussen sein zu können. Mein Hund jagd super und wenn Diana nach einem Trieb (ca 5/4 Stunde)

69

noch nicht am Sammelplatz zurück ist, kann ich sie mit dem Horn zu mir holen. Ich freue mich auf Morgen. Aktuell plane ich einen Wurf Schweizer Niederlaufhunde. Wenn alles klappt sollten sie im Februar 2021 auf die Welt kommen. Wenn es Dich interessiert findest Du auf der Webseite www.niederlaufhunde.ch weitere Infos.

Für 2021 bin ich auch schon etwas in Reiseplanung (Skandinavien ist für 2022 einfach noch so weit weg). Fliegen möchte ich nicht, einfach so mit Auto irgendwo hin, wo ich noch nicht war. Vielleicht kommt im Sommer nochmals die ganze Familie mit und wir mieten uns eine Fischerhütte am See.

Beste Grüsse Daniela

Gesendet: Dienstag, 24. November, 11.26 Uhr

Hallo Noby
Jetzt habe ich einen kleinen Nachtrag......liegen die Lofoten noch auf unserem Reiseplan? Wäre toll, wenn wir das in diesem fischreichen Gebiet auch ein paar Tage verbringen könnten.
Beste Grüsse Daniela

Gesendet: Dienstag, 24. November, 12.59 Uhr

Hallo Danie,
natürlich gehen wir auf die Lofoten (besonders gern wenn du da hin willst), - können da auch gern etwas länger verweilen.

Einfach das wir dann auch genug Zeit haben - einige Wanderungen an schönen Fjorden in

Norwegen zu machen oder was auch immer, ---
werden uns bestimmt noch andere Sachen
einfallen, - was wir da noch alles entdecken
können ...

Ok, dann fahren wir mit meinem Auto - kann dann
auch ein wenig umbauen für die Reise (wegen
Stromversorgung vom WoWa "der Solarbatterie").
Und toll das du die Idee mit der Lappland-Hütte
auch gut findest.

Die Solar-Batterie ist bereits angekommen und die
Kleinteile damit das alles fuktioniert auch! Wenn
es dann etwas wärmer wird - verbau ich das alles
und komme für ein paar Tage nach Baden-
Württemberg runter, --- zum testen und natürlich
meine alten Freunde besuchen und du kommst
dann (wenn du Zeit hast) hoffentlich auch mal kurz
von Luzern hoch, --- oder ich komm mit dem WoWa
zu dir und wir machen die geplante Kanutour ... -
dann könnten wir "das alles" mal testen und
auprobieren (wenn Corona damit einverstanden
ist)!

Gruß Noby

Gesendet: Freitag, 27. November, 21.46 Uhr

Hallo Danie,
das mit den Schweizer Niederlaufhunde ist schon
ganz schön anspruchsvoll und zeitintensiv, -
übrigens eine schöne Seite ...

Ich bin grad dran den Wohnwagen autark zu
machen – im Auto bin ich schon fertig, - morgen

fang ich am Wohnwagen an.

Und wenn das doch nix wird (aus welchem Grund auch immer) dann fahr ich halt alleine los, - dann kann ich auch machen was ich will und auch mal einen ganzen Tag schlafen oder was auch immer ... (würde aber lieber zu Zweit mit dir fahren).

Aller klar bei euch - alle gesund?
Im Januar kommt wohl der Impfstoff, wenn dann die Pandemie hoffentlich bald endet - probier ich das autark mal aus und fahr nach Baden-Württemberg runter. Vorher wahrscheinlich (wenn das geht) fahr ich nach Doberlug zu meinem Kumpel und besuch den ...

Wünsch dir ein schönes Wochenende
Gruß
Noby

Gesendet: Mittwoch, 2. Dezember, 08.31 Uhr

Hallo Danie,
- und alles gut bei euch, --- man hört gar nix mehr von dir --- hei ja, --- gibt jetzt auch nicht mehr so viel zu schreiben - wir denken beide das wir ein gutes Team für diese Skandinavien-Reise wären - müssen uns halt einfach noch persönlich davon überzeugen ...
Bin am WoWa dran den autak zu machen, - hab auch ein kl. Teil an die zwei Batterien angebracht und kann jetzt immer per Smartphone den Ladezustand kontrollieren - sehr praktisch!
Recht kalt jetzt draußen, habt ihr auch Schnee?

Gruß Noby

Hallo Noby
Alles weiss bei uns und um die Null Grad mit leichtem Wind. Man muss sich wieder an den Winter gewöhnen, insbesondere an die Nebeldecke auf 1000 m oder dann halt höher gehen und den Sonnenschein geniessen.

Schön, dass Du am Wohnwagen dranbleibst und das mit dem Strom (Batterien) hinkriegst. Die Technik ist ja heute wirklich toll. Leider verstehe ich davon nicht viel und verlasse mich da gerne auf die Profis (wie Du).

Aktuell haben wir wirklich nicht viel Neues für unsere Skandinavien-Reise, der nächste Schritt ist Kennenlernen. Wenn wir irgendwas auf dem Reiseplan haben/sehen/entdecken, das es zu erkunden gibt, dann tauschen wir das natürlich aus. Vielleicht sollten wir uns ab und zu einfach Alltäglichkeiten oder Gedanken zuschicken, die ja auch nichts mit unserer Reise zu tun haben müssen.
So entstehen Freundschaften, weil man sich kennenlernt.

Mal schauen, ob die Skigebiete in der Schweiz wirklich aufbleiben, nachdem ja Merkel und Macron keine Freude daran haben. Vielleicht miete ich eine kleine, pistennahe Skihütte, damit die Familie nochmals Schneeurlaub machen kann. Mal schauen. Ich bin eigentlich eine ganz gute Skifahrerin, meine Schwester mal vor 40 Jahren im Nachwuchskader der CH-Skimannschaft. Ich bin ganz froh, dass sie nicht die Sportkarriere gesucht hat, sondern sich für eine Lehre entschlossen hat. Spitzensport ist m.E. ungesund. Das Skifahren ist geblieben.

Beste Grüsse aus der verschneiten Schweiz
Daniela

Gesendet: Donnerstag, 3. Dezember, 00.04 Uhr

Hallo Danie,
also ein Profi bin ich nicht, aber wenn ich was richtig plane und dann ausführe - klappt das auch meißtens!
Dann mit: "Einfach Alltäglichkeiten oder Gedanken zuschicken" --- können wir schon machen - aber zuviel eMails brauchen wir uns auch nicht immer schreiben - einfach so das wir in Kontakt bleiben. - Sind ja immerhin noch 574 Tage bis wir hoffentlich zusammen los fahren werden (hab mir am PC so ein TagesZähler auf den Dektop gemacht ....).

Ja, also - mit meine Frau ist immer noch nicht gut und ich bin am überlegen, ob ich sie anlügen soll - weil sie jetzt nicht mehr will das ich 3 Monate mit einer anderen Frau wegfahr. Also ich sag ihr --- das ich alleine fahr! --- Aber ich hasse das: Meinen engeren Freunden und meiner Partnerin sag ich eigentlich alles, auch Sachen die man vielleicht besser nicht erzählt ... Aber diesmal werd ich gezwungen zu lügen um unsere Ehe zu retten.
Dann sie will später sowieso in die Philippinen zurück und ich weiß nicht wirklich, ob ich da meinen Lebensabend verbringen will - kenn da niemand! --- Bin jetzt grad etwas in einem Konflikt ---

74

Also - die Reise mach ich auf jeden Fall - und ich hoffe das wir die zusammen starten werden!!!
Dann will sie Weihnachten nicht zusammen feiern und ich überleg ob ich zu meinem Kumpel nach Doberlug fahr und mit ihm feier, der ist immer ganz alleine dort ... . Werd dann den Wohnwagen testen, also das autark, ob das alles geht. --- Aber möcht Weihnachten auch mit meinem Sohn "und meiner Frau" verbringen, - wie alle - auch ein Konflikt.
Einige Probleme, --- aber Probleme sind da --- um sie zu lösen. Das wird schon werden ...
Das ist was mich grad beschäftigt ...

Hoffe das das mit eurem Schneeurlaub noch klappt, aber ich würd an eurer Stelle noch etwas warten bis der Impfstoff verteilt wird - ohne den ist es vielleicht doch etwas gefährlich, - meinst du nicht?

Noby

Gesendet: Freitag, 4. Dezember 2020, 14.23 Uhr

Hallo Noby
Danke für deine so offene Rückmeldung betreffend Deine Ehe. Ist es das wirklich wert, dass Du Deine Frau anlügen willst? Es sind ja noch 572 Tage bis zum «Countdown», das «fliesst noch viel Wasser den Rhein herunter».

Ich glaube Dir, dass Du momentan in einem Konflikt bist, da ja auch das Auswandern auf die Philippinien irgendwann ansteht. Ich kenne ein Paar, die Frau kommt aus Mosambik, ihr Mann ist Schweizer. Mittlerweile pendelt sie zwischen

75

Mosambik und der Schweiz und Ihr Mann ist mehrheitlich in der Schweiz, geht aber auch längere Zeit nach Mosambik. Ich denke, wenn man das Thema nicht als «entweder oder», sondern als «weitere Möglichkeit» sieht, gibt es Lösungen, die praktikabel sind und werden.

Ich wünsche Dir ganz fest, dass Du Weihnachten mit Deiner Frau und Sohn verbringen kannst. Den Freund kannst Du ja immer noch besuchen gehen. Familie, Freunde, Gesundheit sind wohl das Wichtigste im Leben.

Beste Grüsse Daniela

Gesendet: Freitag, 4. Dezember 2020, 23.50 Uhr

Hallo Danie,
also ich weiß jetzt nicht ob das wirklich gut ist --- schon mit dir so offen zu reden (schreiben), aber wenn wir uns dann (irgendwann) mal persönlich treffen und uns vertragen (verstehen), - dann könnte das eine Freundschaft für den Rest unseres Lebens werden (bestimmt wenn wir den Trip zusammen machen!). Ok, wohnen etwas weit auseinander - aber dann hab ich schon 2 Gründe abundzu zu euch in den Süden zu fahren - mit Moped oder Wohnwagen um meine Freunde in Baden-Württemberg zu besuchen und ein Abstecher zu euch zu machen.

--- Danke für deinen Vorschlag ("Mosambik") --- "hat mich sehr inspiriert" --- und ich hab meiner Frau einen dementsprechenden Vorschlag gemacht - sie sollte 2024 (wenn unser Sohn schon eine Lehre oder einen Beruf angefangen hat) - in die Philippinen - ich komm dann (für ein paar Monate) 2028 nach (wenn unser Sohn wirklich selbstständig ist), - und dann mal schaun - vielleicht bleib ich dort oder flieg wieder zurück (bin dann 70 Jahre alt).

Aber sie bloggt ab und redet vom Anwalt im Januar (sie ist einfach zu konservativ), - "also komm ich um die Notlüge nicht herum" - so das wir doch noch ne schöne Weihnachten zusammen haben werden (zu ehrlich ist manchmal auch nicht gut!!)

Dieser Trip ist für mich schon noch wirklich wichtig, - den will ich noch machen und erleben. - Das ist mein Leben - und ich mach da nicht brav (wie das normal ist) auf tolle Familie, schönes Haus, schönes Auto, ... --- und warte bis ich sterbe ---. Möcht das Leben noch spüren, tolle Landschaften erkunden, nette Leute treffen und sich mit Natur verbunden fühlen ...

Und wann wollt ihr in den Schneeurlaub?
Was macht ihr an Weihnachten?

Gruß Noby

Gesendet: Montag, 7. Dezember 2020, 13.48 Uhr

Hallo Noby
Ich wünsche Dir ganz fest, dass Du das mit Deiner Frau klären kannst. Es ist doch eine belastende Situation aktuell, für Deine Pläne und auch für Eure gemeinsamen Pläne. Ich will mich da nicht einmischen, weil ich die Situation zu wenig kenne

und «Ratschläge sind ja bekanntlich auch Schläge». Also halte ich mich da raus. Du bist jederzeit willkommen, Deine Gedanken mit mir zu teilen oder meine Meinung abzuholen.

Mit dem Schneeurlaub wird es wohl doch nichts. Einerseits wissen wir, Stand heute nicht, ob die Skigebiete auf sind/bleiben und wie die Schutzkonzepte umgesetzt werden. Wir wohnen ja umringt von Skigebieten. Also haben wir uns entschlossen, spontan zu gehen und allenfalls eine (allenfalls teurere) Uebernachtung zu buchen. Zudem wird im Februar 2021 der nächste Wurf meiner Schwyzer Niederlaufhunde-Zucht erwartet. Dann wäre es doch gut hier zu sein.

Ab Weihnachten werden wir Zuhause sein. Das Singen ist nun ja bundesrätlich verboten worden und es dürfen nicht mehr wie 3 Familien beisammen sein. Also werden wir im kleinen Kreis zusammen sein, etwas gutes Essen und das Gesellschaftliche pflegen. Einmal mit unseren beiden Kindern mit Freund und Freundin und mein Mann und ich. Früher haben wir immer im grossen Kreis mit den 3 Geschwistern samt Kindern meines Mannes gefeiert. Wir waren immer um die 20 Leute. Es darf ja auch mal anders sein.

Ich wünsche Dir eine gute Advents- und Weihnachtszeit. Vielleicht wird es nun etwas ruhiger auch mit meinem Zurückschreiben. Ganz sicher melde ich mich anfangs Jahr wieder bei Dir.

Beste Grüsse
Daniela

Hallo Danie!

Aktuelles: Den Wohnwagen hab ich fertig und ist autark - können jetzt 4 bis 5 Tage ohne alles irgendwo stehen - auch wenn es kälter wird und wir heizen müssen. Mit dem Strom, das funktioniert jetzt gut, muß da nur noch testen ob die Batterie während der Fahrt auch wieder richtig geladen wird.

Dann wünsch ich dir auch schöne Advents und Weihnachtszeit --- und nen guten Rutsch ins neue Jahr ... ...

- hoffentlich wird das mit Corona endlich wieder gut - ....

Bis nächstes Jahr ....

Gruß Noby

Briefwechsel 2021

Gesendet: Montag, 4. Januar 2021, 01.31 Uhr

Hallo Danie,
möcht mich gern wieder mal kurz bei dir melden -
hoffe du bist noch interessiert an unseren Trip
2022 ...

Und ward ihr schon im Skiurlaub (denk eher nicht
...?!), und was macht dein Hund - erst im Februar
- ich weiß?

Bei mir gibt es sonst nix Neues: Ich fang jetzt an
das Dachgeschoß aus zu bauen (also da ne Küche
und eine Dusche einzubauen) - dann wohnt meine
Frau da "wenns fertig ist" (eine Woche hab ich
unseren Sohn und eine Woche sie ...) --- ich hoff,
das wird irgendwann doch wieder gut ... --- Ja, ich
weiß ... aber wenn wir Freunde sein wollen - dann
gehört sowas halt dazu ..., - oder doch besser nicht
??? Erzähl mal was deine Probleme so sind -
oder hast du gar keine .... ?

Mitte Mai komm mal mit dem Moped mal in den
Süden zu euch (wenn das geht) - und hoffentlich
wird das endlich mal was mit einem Treffen ....
Gruß Noby

--- und ein GUTES NEUES JAHR - wünsch ich dir
und deiner Familie ... ...

80

Gesendet: Montag, 4. Januar 2021, 22.08 Uhr

Ein gutes Neues Jahr Noby

Schön, wieder von Dir zu hören. Natürlich bin ich weiterhin interessiert.

Mit Skiurlaub wird dieses Jahr nichts. Wir werden maximal tageweise gehen, wenn überhaupt. Teilweise sind die Skigebiete ja zu und den «Riesenansturm» brauche ich nicht. Der grosse Vorteil beim Skifahren ist halt, dass man meistens über die Wolkendecke geht und dann herrlichen Sonnenschein hat.

Das mit dem Hund wird sich innerhalb von 14 Tagen klären. Das heisst, ab dem 30. Tag kann man beim Tierarzt Ultraschall machen lassen und der stellt dann mit grosser Sicherheit fest, ob es Welpen gibt. Die Anzahl ist zwar immer etwas ungewiss, doch man kann sich dann besser auf das Ereignis einstellen. Meine Interessentenliste ist voll...so ein grosser Wurf kann das gar nicht werden, dass ich allen Wünschen nachkommen kann. Es gibt auch einige deutsche Jäger, die grosses Interesse an den Fähigkeiten der Schweizer Niederlaufhunde haben. Gedulden wir uns noch etwas...obwohl gespannt bin ich sehr.

Da wünsche ich dir für den Umbau eine gute Hand und, dass alles reibungslos klappt. Ich finde das ganz toll, wenn jemand handwerkliches Geschick hat und so Dachumbauten mit Küchen- und Duscheinbau selber machen kann. Gutes Gelingen.

Ich danke Dir, wenn Du offen mit mir bist und mir auch mitteilst, was Dich beschäftigt. Ich meine jetzt Deine private Situation mit Deiner Frau. So wie Du schreibst, wünschst Du Dir, dass es irgendwann wieder gut wird. Das wünsche ich Dir auch. Ich frage mich nur, ob das von alleine wieder gut wird, oder wie Ihr das lösen könnt. Eine Lösung für Euren Sohn scheint ihr drei ja gefunden zu haben. Wenn ich also etwas Positives für Euch beitragen kann, dann gerne und hole einfach meinen Rat.

Du fragst mich nach meinen Problemen. Eigentlich will ich jetzt schreiben, dass ich keine grossen Probleme habe. Deine Frage regt mich aber sehr zum Denken an. Probleme sind das nicht, die ich habe. Finanziell geht es uns gut, die Kinder sind gesund und gehen ihren guten Weg, der Ablösungsprozess verläuft geordnet, gut und ich bin stolz auf unsere beiden Kinder. Auf meinen Mann kann ich mich verlassen und wir gehen respektvoll miteinander um.......vielleicht ist da manchmal diese Leere, die wahrscheinlich einfach zum Leben gehört und mit der jeder selber fertig werden muss bzw. diese Leere, die jeder für sich selber füllen muss. Das nimmt einem niemand ab......jetzt wird's philosophisch....

Wahrscheinlich kann ich gewisse Dinge manchmal auch nicht in Worte fassen oder ausdrücken – vielleicht braucht es das aber auch gar nicht immer (manchmal wäre es aber gut, das zu können)
Vielleicht verdränge ich auch lieber, statt wirklich hinzusehen – doch Harmonie ist vielleicht besser, wie Knatsch, der nur verletzt

Und dann geniesse ich ja meine Freiheit, die ich selbstbestimmt ausfüllen kann – Zeit zu haben erfordert auch selber Disziplin die Zeit für sich gut zu nutzen
Dankbarkeit und Wertschätzung – dessen müsste ich mir vielleicht manchmal noch mehr bewusst werden

So, jetzt will ich aber Schluss machen. Morgen geht es ganz früh raus. Im Jagdrevier liegt in den höheren Lagen Schnee. Der Vollmond ist zwar vorbei. Doch morgen will ich ganz früh auf den Fuchsansitz. Auch wenn es dunkel ist und bewölkt wird durch den Kontrast auf dem Schnee die Wildtiere gut ansprechen können. Es wird einige Grade unter Null sein, doch herrlich den Sonnenaufgang oder wenigstens das «Tag-Erwachen» so zu erleben.

Beste Grüsse Noby und die besten Neujahrswünsche an die ganze Familie. Habt Ihr Weihnachten oder Neujahr nun zusammen verbracht?

Bis bald Daniela

Gesendet: Dienstag, 5. Januar 2021, 7.20 Uhr
Hallo Danie,
mit "manchmal diese Leere füllen" meinst du da den normalen Alltagstrott - und das man eigentlich etwas "mehr von der Zeit" wo man lebt - erwartet - und nach etwas sucht - man aber gar nicht recht weiß nach was? Bin vor ca. 3 Wochen im Internet auf den Schamanismus aufmerksam geworden, hab auf meiner Seite

(https://www.XXX.de/interessantes-1/) auch was gepostet --- was hälst du von Schamanen?

Ja, ich hoffe das wir (wenn wir zusammen den Trip 2022 machen) öfters mal so philosophische Gespräche führen können und unsere Erfahrungen da austauschen (bin aber jetzt kein so Schwätzer, mag es eher etwas ruhiger).

Ich sag eigentlich immer direkt meinem Gegenüber wenn es Probleme gibt - was Sache ist, - man muß dann halt versuchen einen Mittelweg (Kompromiss) zu finden, - das alle zufrieden sind (wenn das nicht geht - dann geht es halt nicht).

Weihnachten oder Neujahr haben wir nicht zusammen gefeiert ... 😟... - hab vor unserem Haus 2 Lagerfeuer gemacht und mein Mieter ist gekommen - war dann auch ganz nett ...

Gruß Noby 🙂

Gesendet: Montag 11. Januar 2021, 19.16 Uhr

Hallo Noby

Mit der «Leere füllen» meine ich nicht den Altagstrott. Die «Leere» ist einfach manchmal da. Vielleicht hilft es auch schon, «die Fülle zu leeren» und sich auf Wesentliche zu beschränken. Ich denke das ist ganz menschlich, dass man manchmal «Leere» verspürt, obwohl ja eigentlich alles da ist, was man braucht. Und suchend ist der Mensch ja wahrscheinlich immer...ich auf alle Fälle schon.

Dein Thema Schamanismus ist faszinierend. Zu mir passt das nur teilweise, obwohl ich die Naturvölker und -kulturen sehr zu schätzen weiss. Vielleicht passt es halt einfach nicht so in mein Zivilisationsverständnis. Also, ich spüre schon

84

auch, dass mir Bäume, Pflanzen, Tiere so etwas wie Kraft geben. Dass mich eine Feder begeistern kann oder das Wetter, das Feuer, der Klang usw. Wie willst Du das denn erlernen? Ich sehe in Deinem Post, dass Du da mehr dazu lernen willst. Hoffe es geht Dir gut.

Beste Grüsse Daniela

Gesendet: Montag, 11. Januar 2021, 23.24 Uhr

Hallo Danie,
hab mich über dein eMail gefreut ...

Diese Leere über das wir uns gerade unterhalten, - vielleicht ist das auch eine spirituelle, innere Leere, - vielleicht sollte man einfach mal versuchen sich von innen her zu öffnen und eine andere Ebene zu suchen "und vielleicht auch zu finden", - so das man Erfüllung, Zufriedenheit und neue Kraft findet ...

Wie ich das mit dem Schamanismus mehr erlernen will: Wenn meine Frau sich wirklich scheiden lassen will (ich will das nicht), dann seh ich da auch was positives, - dann kann ich (wenn unser Sohn selbstständig ist) mein vorheriges Leben wieder weiter führen - und dann machen was für mich wichtig ist - wie Reisen, große Motorradtouren, große Touren mit Wohnwagen und Kanu und den Schamanismus. Früher war ich schon sehr interessiert an esoterischen Sachen und hab da einiges ausprobiert, aber nicht das gefunden - nach dem ich gesucht hab --- der Schamanismus könnte ein neuer Weg werden den ich gehen könnte ---. Früher in Baden-

85

Württemberg hatte ich mein Zimmer etwas außerhalb vom eigentlichen Haus, da war ich manchmal alleine und konnte mich als irgendwie in Trance bringen --- einfach dasitzen, dezente Musik, den Gedanken freien Lauf lassen - eine Art Meditation war das. Hatte da viele Visionen und auch Ideen, die mir für mein Leben viel brachten.

--- Ich möchte versuchen diesen Zustand wieder "öfters" zu erreichen und dann aber auch versuchen noch weiter zu gehen um zu sehn was man da fühlt, erlebt oder erreichen kann. - Und dann ist es nach meiner Meinung auch wichtig so oft wie möglich draußen in der Natur zu sein, damit die Lebensenergie fließen kann und man fit bleibt ...

Also wenn du meinst - das ich Quatsch "schreib" - dann sag das - kein Problem ...!!!...

Gruß Noby

Gesendet: Dienstag, 12. Januar 2021, 19.15 Uhr

Hallo Noby
Da haben sich in der Vergangenheit schon grosse Schreiberlinge den Kopf zerbrochen über «den Sinn des Lebens». Diese Frage stellt sich wohl jedermann/-frau ab und zu und je älter umso öfter. Die eigene Zufriedenheit zu finden, finde ich wichtig. Ob da die Schamanen jetzt weiterhelfen können oder nicht, kann ich nicht beurteilen, da muss wohl jeder selber wissen, was ihm gut tut. In der heutigen Zeit wird Yoga gelobt...das hat auch mit Meditation zu tun....Uebrigens haben die

Religionen ja immer etwas mit Meditation zu tun, weil die vorgegebenen Strukturen und Abläufe zu entspannen helfen. Religion scheint aber eher out zu sein und neue Formen dafür in.

Also in Trance möchte ich nicht versinken, das wäre nicht mein Ziel. Eher den Zustand möchte ich erreichen, dass ich mit mehr Wertschätzung, Dankbarkeit, Zufriedenheit, Freude, Anerkennung usw. weitergeben kann. Ich bin der Meinung, dass man weniger auf sich, aber mehr auf das Verstehen der anderen eingehen können müsste. Gut, da muss man sich selber auch kennen, sonst geht das nicht.

Was sind denn die Gründe, wieso Deine Frau sich trennen will und Du nicht? Gut, ich habe verstanden, dass Sie gerne in ihr Heimatland möchte und Du nicht und halt der gemeinsame Sohn diesen Entscheid wohl noch etwas in die Zukunft verschiebt, weil ja beide Verantwortung für ihn übernehmen wollen. Hattet ihr denn anfänglich gemeinsam Pläne um in ihrem Land zu leben? Du sagst, Du könntest dann wieder so wie früher.....war denn das früher besser? Und wenn ja/nein, wieso?

Nein, Du schreibst überhaupt keinen Quatsch. Den Sinn des Lebens (der Freude und Zufriedenheit) sucht jeder irgendwie und wahrscheinlich ist es für jeden wieder etwas anderes.

Beste Grüsse
Daniela

Gesendet: Mittwoch 13. Januar 2021, 00.52 Uhr

Hallo Danie
also zu deiner Äußerung: "Das man weniger auf
sich, aber mehr auf das Verstehen der anderen
eingehen können müsste" *Weiß jetzt nicht wirklich,
wie du das grad meinst?* - Aber bei mir geht das
immer "noch nicht" so richtig (nur bei Bestimmten)
- bin sehr oft von den Menschen enttäuscht
worden und hab dann beschlossen alleine meinen
eigenen Weg zu finden, --- habe mein Leben
genossen --- einfach versucht meine Ideen
umzusetzen und war auch sehr an spirituellen
Sachen interessiert - sich selbst zu finden, - in
einen Zustand zwischen Schlaf und Wachsein
"bewußt" zu kommen - das Geheimniss des Lebens
und des Todes ...

War 4 mal in den Philippinen und ein mal waren
wir in Baguio City (ist in den Bergen, wo es etwas
angenehm "kühler" ist) und wollten da ein Haus
bauen, waren bei einem Immobilienmakler und
haben auch ein tolles Grundstück gefunden.
Mußte aber erst zurück und Geld organisieren ...
Haben dann später beschlossen in Deutschland zu
bleiben, weil es hier einfach leichter ist zu leben
und unserem Sohn gefällt es auch besser hier.
Meine Frau will sich hauptsächlich trennen - weil
ich 3 Monate auf Tour gehe - und sie muß arbeiten
- ok, sie ist ein Dickschädel wie ich auch - wir
haben jetzt zum 3 mal Zoff in unserer 20 jährigen
Ehe --- aber diesmal werd ich nicht nachgeben,
weil es mir wirklich sehr wichtig ist diesen Trip zu
machen (hab ich auch schon sehr lange geplant) -
wenn sie unsere Ehe wirklich beendet (wegen 3

88

Monate, wo ich alleine weg bin) und mir nicht vertraut hat das wirklich keinen Sinn mehr ...
Und das war früher (nicht unbedingt) besser - das sind einfach Lebensabschnitte - die man durchlebt - und das ist auch gut und richtig so! - Könnte mir aber auch gut vorstellen gern nochmal einen neuen Abschnitt anzufangen um nochmal neue Erfahrungen sammeln zu können ... - Bin nicht unbedingt der normale Mensch der sein Leben so wie alle lebt, oder so wie es von den Anderen erwartet wird - bin immer noch offen für Neues ...
Gruß Noby 😊

Gesendet: Freitag 22. Januar 2020, 00.02 Uhr

Hallo Noby
In den letzten Tagen hat es sich herausgestellt, als der Ultraschall bei Ulana gemacht wurde, dass sie leer geblieben ist. Das heisst es gibt Mitte Februar einen Wurf und ich kann wieder voll planen. Schön, dass ich nun zeitliche Ressourcen habe. Ich hoffe natürlich, dass man sich ab März/April wieder einigermassen frei in Europa bewegen kann. Mal schauen, was sich daraus ergibt.

Ist es für Dich nicht wichtig zu verstehen, was der andere genau meint...und wieso er es so oder so meint? Das Wort verstehen kommt meines Wissens von «stehen» bzw. einen «Stand(punkt) haben». Für mich heisst verstehen somit «das Stehen verändern», «den Stand wechseln» und damit die andere Seite annehmen. Ich würde mir wünschen, ich könnte das besser. Denn es ist für mich wesentlich einfacher auf meiner Meinung/Sicht der Dinge zu beharren als den anderen in seinen

Beweggründen versuchen zu verstehen. Das habe ich gemeint.

Du sagst, dass du oft von Menschen enttäuscht worden bist. Bei mir gibt es nur einen einzigen Menschen, vom dem ich wirklich unsagbar enttäuscht bin. Kein Grund für mich alleine durch die Welt zu gehen. Obwohl ich manchmal schon ein bisschen eine «Eigenbrödlerin» scheinen mag. Ich will/kann manchmal einfach keine Rücksicht nehmen, da es mich zu sehr einschränken würde.

Hat das damals denn in den Philippinen geklappt um das Grundstück zu kaufen?

Ich frage mich gerade, was es mir wert wäre meine Ehe zu retten oder zu beenden. Eine schwierige Frage, doch ich komme zum klaren Schluss, dass es mir viel mehr wert wäre sie zu retten, wie sie zu beenden. Mir war damals und es ist heute noch so, dass für mich das Ja-Wort in der Kirche viel mehr wert ist, wie die Unterschrift auf dem Standesamt. Und wenn ich auf die Frage antworten müsste: »Wem vertraust Du am meisten?» Dann ist das ganz klar meinem Mann.

Manchmal frage ich mich, welche gemeinsamen Ziele wir noch haben. Als wir jung waren, da war es ein eigenes Haus, Heiraten, Familie, Kinder grossziehen, Frühpension usw. heute sind die Kinder langsam ausgezogen und unsere Ziele müssten wir wieder einmal neu definieren. Wir sind den Weg gemeinsam gegangen – ich glaube heute müssen wir schauen, dass wir auf dem gleichen Weg bleiben oder, dass wir uns wenigsten immer wieder längere Zeit an gewissen Kreuzungen treffen (SMILE).

Ich hoffe es geht Dir gut.

Beste Grüsse Daniela

Gesendet: Freitag, 22. Januar 2021, 7.28 Uhr

Hallo Danie,
Meinst du vielleicht mit: "Verstehen, was der andere genau meint" --- den Charakter, - der entsteht (nach meiner Meinung) aus den Erfahrungen, die man im Laufe des bisherigen Lebens machte und nach dem verhält sich jeder etwas anders in bestimmten Situationnen oder äußert sich auch nach dem was er vorher schon alles erlebt hat. Hat wohl auch mit Karma, Aura, Sympathie oder Abneigung zu tun - das man zu anderen Menschen empfindet --- und das anzupassen oder genau zu verstehen ist denk ich nicht so einfach (man macht meißtens vorher viele identische Erfahrungen). Ich hab bei mir festgestellt das ich mein Niveau dem Gesprächspartner anzupassen versuche – also einfach nur lafern, oder unterhalten oder richtig intelligente Gespräche führen, wo man neue Erkenntnisse und Erfahrungen sammeln kann, - was einem dann auch weiter bringen kann in seinem eigenen Bewußtsein ...

Dann fragtest du ob das in den Philippinen geklappt hat mit dem Grundstück zu kaufen: Wir haben uns später dazu entschlossen – hier in Deutschland zu bleiben (weil es hier einfacher zu leben ist) und haben ein Haus hier gekauft. Haben

91

bis jetzt auch erst nur standesamtlich geheiratet und "wollten" ein 2. Mal in den Philippinen kirchlich heiraten ...

Was mir etwas Sorgen macht sind die Wanderungen in Skandinavien, die wir machen werden - "im Bärenland", hoffe das wir da keinen Bären aufschrecken oder einen treffen mit Jungen. Aber da laufen ja einige Wanderer herum - und dann kauf ich mir 2 Bärenspray und eine Bärenglocke. In Alaska (mit Kanu oder Nachts allein im Zelt) hat mir das nix ausgemacht und ich bin auch als Bären begegnet, - aber beim Wandern so einem Bären begegnen, - bin mal gespannt wie das abläuft ...

Freu mich schon richtig drauf - wenn es wieder wärmer wird und die Pandemie vorbei ist - mit meinem Moped - in meine alte Heimat zu tuggern und bei dir endlich mal vorbei zu schaun ...
Gruß aus Oberfranken

Noby 😊

Gesendet: Freitag, 22. Januar 2021, 13.33 Uhr

Hallo Noby
Ja der Charakter. Für mich hängen da 3 Sachen zusammen. 1. Die Gene, die man mitbekommen hat, 2. Die Kindheit und Erziehung somit die äusseren Einflüsse und 3. Was man aus seinem Leben selber macht und sich weiterentwickelt/reflektiert. Meiner Meinung nach, kann ich nicht alles selber bestimmen, da ich geprägt bin durch Gene, Erlebtes usw. .....aber darüber können wir ja am Lagerfeuer dann philosophieren. SMILE

92

Auf die Bären freue ich mich auch. Klar, ich habe einen Heidenrespekt vor Bären. Wir gehen aber in einer Zeit, wo die kleinen Bären nicht mehr wirklich klein sind. Das richtige Verhalten bei «Bärenkontakt» ist sicherlich eine gute Strategie. Ob mir da meine «Trillerpfeife» weiterhelfen kann, hoffe ich. Und Du bist ja dann mein «bärenerprobter Kamerad», der mich überzeugen kann, wie man's richtig macht.

Ja, hoffen wir, dass die Grenzen bald auf gehen, das warme «Motorrad-Wetter» kommt und wir unsere Motorräder wieder auf Hochglanz polieren können, Flugrost entfernen...und ab die Post. SMILE

Ich wollte im April mit meinem Sohn noch eine richtig schöne Anglertour machen. Gibt es bei Euch in der Nähe tolle Fisch-Reviere? Nur so, wenn Du etwas kennst.

So und jetzt geht's an die Geburtstagsvorbereitungen für meine Tochter Leoni, die heute 23jährig wird. Wir feiern im ganz kleinen Kreis (maximal 5 Personen) heute Abend mit einem Fischfondue, gutem Wein und ein paar Spielen.

Beste Grüsse Daniela

Gesendet: Freitag 22. Januar 2021, 15.27 Uhr

Hallo Danie,
möcht dir heut nochmal antworten - "kenn deine Tochter nicht", - aber sende trotzdem

93

"Glückwünsche zum Geburtstag" ... - und wünsch euch eine tolle Zeit (Party) zusammen ... ...
Und mit Fisch-Revieren - hier bei uns - keine Ahnung - schau am besten selbst mal im Internet. --- Wenn ihr mal hier hoch kommen wollt, - würd mich sehr über einen Besuch freuen (wollt ihr "dann auch" mit dem Moped kommen, - oder Auto?), --- na ja später dann mehr ... !?
Und richtig - können wir ja dann am Lagerfeuer weiter philosophieren - wenn sich da passende Gelegenheiten bieten ... (vielleicht sogar unter der Mitternachtssonne oder bei Nordlicht ....).

Genug - erst mal für heut - **laßt es krachen ...** HAPPY BIRTHDAY! ...

Gruß Noby

Gesendet: Montag 1. Februar 2021, 15.24 Uhr

Hallo Noby
Ich hoffe es läuft alles rund bei Dir. Bei uns sind alle gesund, kein Corona in Sicht, bis Ende Februar 2021 stehen wir unter dem «Lockdown-Fieber» und danach bin ich mir noch gar nicht so sicher, ob es Lockerungen gibt bzw. wie das Ganze weitergeht. Einige Länder schliessen jetzt ihre Grenzen.....als ob man ein Virus einfach aufhalten könnte.

Wieso hast Du die Skandinavien-Reise eigentlich auf 2022 geplant und nicht früher? Ist doch eine relativ lange Vorbereitungszeit oder bist Du an gewisse Zeitfenster gebunden?

94

Letzte Woche war ich noch auf Fuchs. Am Donnerstag war Vollmond und es hatte noch viel Schnee bei uns. Das ist schon sehr interessant, wenn man da nachts am Waldrand steht und mit dem Kontrast von Vollmond/Schnee usw. die ganze Landschaft beobachten kann. Leider hat es so stark geregnet, dass der ganze Schnee geschmolzen ist, der Mond abnimmt und bei so einer Konstellation sieht man nachts gar nichts mehr, insbesondere, wenn Wolken hangen und der Mond nicht ganz durchscheinen kann. Der Fuchs ist noch bis Ende Februar für die Jagd offen. Da freue ich mich jetzt schon auf Monatsende und hoffe, dass die Wetter- und Sichtverhältnisse günstig sind.

Ab März kann ich dann in einem Fluss wo ich aufgewachsen bin auf Forellen fischen. Ich habe zwischenzeitlich meine hohen Fischerstiefel kontrolliert und musste feststellen, dass ich neue brauche. Für mich ist die Bachforelle einer der schönsten Fische mit seinen bunten, farbigen Punkten überall. Gerne informiere ich Dich dann, ob ich auch welche gefangen habe. Die Forelle mit einem Mindestmass von 22 cm, ohne Widerhaken usw. ist gar nicht so einfach zu überlisten. Mein Sohn hat Mitte Februar Geburtstag, ich habe ihm ein bedrucktes T-Shirt bestellt «fishing-expert» bestellt. Aktuell ist er grad an seiner Masterarbeit, die er Ende März abgeben muss, dass ich seine Studienzeit beendet, er kann ausschnaufen und wir wollen dann zusammen ein paar Wochen unterwegs sein. Wenn das nahe Ausland nicht geht, so bleiben wir halt in der Schweiz und freuen uns aufs Angeln....

Ich grüsse Dich bestens, in der Hoffnung, dass Du gesund und munter bist.
Daniela

Gesendet: Dienstag, 2. Februar 2021, 08.09 Uhr

Hey Dani,
Früher die Tour starten wäre schon machbar, aber die Corona Impfungen sind erst Ende September 2021 abgeschlossen und da kann der Reiseverkehr (denk ich mal) erst wieder richtig los gehen.
Dann kommt mein Sohn im September 2021 in die 9. Klasse (will jetzt aber die 10 Klasse auch noch machen). --- Wollte eigentlich diese Reise erst starten wenn er mit der Schule fertig ist, - und das wäre dann halt schon besser, - wenn wir erst im Juni 2022 den Trip starten könnten ...

Schaun wir mal wenn das mit Corona klappt und doch alles wieder (früher) offen wird - das wir einen früheren Termin wählen können, also Mitte Juni bis Mitte September 2021 – was mich aber dann etwas nachdenklich macht, weil wir schon viel Kontakt mit Menschen unterwegs haben werden – die vielleicht das Corona noch in sich haben.

Lernen wir uns erst mal persönlich kennen und schaun ob wir uns verstehn (also nicht sprachlich, - ich versteh das Schwiizertüütsch ganz gut (hörs au gern) und in meinem Dialekt hört man das auch ein wenig raus, weil ich in der Nähe der schwiizer Grenze lange gewohnt hab.
Und dann geht meine Rente - ab September 2021 los ...

96

Am Montag, den 17. Mai 2021 wollt ich gern mal (mit meinem Moped) bei dir vorbei schaun (wenn das möglich ist ...). --- Würde das bei dir gehen, - oder bist du da schon verplant? - Was können wir da machen: Am liebsten wär „mir" – zeigst mir doch mal einer deiner Favoriten-Plätze (in der Umgebung) - in den Bergen oder an einem See "mit einer Feuerstelle" und wir quatschen ein wenig (oder auch ein wenig mehr), grillen was und trinken einen feinen Wein. - Vielleicht dann auch mit Schlafsack - und am Morgen dann zurück ... - Oder hast du eine andere, bessere Idee? -
Wo bist du aufgewachsen, wo wollt ihr da hin um zu angeln?

Gruß Noby 😊

Gesendet. Montag, 15.2.2021, 11.03 Uhr

Hallo Noby
Der Zeitpunkt für eine Skandinavien-Reise im 2022 ist mit dem Corona-Thema sicherlich gut gewählt. Für dieses Jahr gilt es sowieso zu beobachten wie sich der Reiseradius ausdehnen wird oder halt im engen Kreis bewegt. Mich interessierten bloss Deine Beweggründe.

Im 2021 wäre es für mich wahrscheinlich nicht günstig. Ich plane da wieder einen Wurf und wenn alles klappt ist die Welpenabgabe Ende August 2021, somit könnte ich gar nicht weg.

Am letzten Samstag haben wir meinen Sohn gefeiert. Der ist jetzt auch schon 25 Jahre alt geworden. So schnell vergeht die Zeit. Er ist vielleicht auch wegen Corona, ein leidenschaftlicher Angler geworden. Letzte Woche waren wir noch zu viert (beide Kinder, der Hund und ich) mit dem Fischerboot auf dem Sempachersee zum Felchenfischen. Es war sooooo kalt, doch wir haben ein paar Stunden ausgeharrt und doch 6 Stück gefangen. Das gab dann ein leckeres Menu am nächsten Tag.

Aktuell bin ich noch ziemlich mit «Fuchsen» beschäftigt. Bis Ende Februar kann der Fuchs bei uns noch bejagt werden. Dann ist Jagdpause bis am 1. Mai. Obwohl es ziemlich kalt ist, und gottseidank liegt Schnee, macht das die Sache doch sehr interessant.

Ich habe mir den 17. Mai 2021 in die Agenda eingetragen. Wir treffen uns am besten bei mir Zuhause. Das Uebernachten mit Schlafsack scheint mir in dieser Jahreszeit doch recht erfrischend. Wir schauen mal wie sich das Wetter entwickelt.

Ich bin in Luthern aufgewachsen. Das ist eine kleine Landgemeinde im Kanton Luzern, ziemlich abgelegen. Dort hat es einen Bach (Fluss wäre zu gross), die Luther. Schon als kleines Mädchen haben wir da Forellen geangelt. Unser Haus lag ziemlich nah am Bach. Das sind schöne Kindheitserinnerungen.

Beste Grüsse
Daniela

Gesendet: Montag, 15. Februar 2021, 14.03 Uhr

Hallo Dani,
also wenn's Wetter (und Corona) mitspielt - fahr ich um 9:00Uhr morgens (am 17.5.) von Maulburg, - wo ich früher lange gewohnt hab (und da übers Wochende bleiben werde), dann am Montag Richtung Hochdorf los und werd spätestens um 11:00Uhr bei euch vor der Haustür stehen, - können dann auch gern gleich weiter fahren, - wenn du magst. Soll ich eine Vignette kaufen, - oder wohin geht unsere gemeinsame Motorradtour? - Vorschlag: Könntes mir mal zeigen wo du aufgewachsen bist, in Luthern war ich glaub noch nicht. Und vielleicht gibt es am Sempachersee (auf dem Rückweg) irgendwo einen netten Platz mit Feuerstelle wo wir mal ausprobieren können - ob das ne tolle Zeit in Skandinavien werden kann und wir uns "einigermaßen" verstehen (glaub aber schon) ...
Anfang April geht bei mir die Motorrad-Saison wieder los (hab vor einer Woche meine Batterie schon mal aufgeladen) und muß nur noch hinten einen neuen Reifen drauf machen lassen, - dann kann ich wieder ....
Gruß Noby

Gesendet Mittwoch, 24. Februar 2021, 11.40 Uhr

Hallo Noby
Ich habe mir den Termin eingetragen. Je näher er kommt werden wir sicher noch näher planen.
Aktuell bin ich noch auf der Fuchsjagd. Diese hört Ende Februar 2021 auf. Superinteressant (jetzt wo fast Vollmond ist) nachts draußen zu sitzen. Die Schatten fallen. Man muss dann im Dunkeln

99

sitzen und still sein. Mit meiner Wärmebildkameras sehe ich sogar die nachtaktiven Mäuse. Wenn der Wind nicht stimmt kommt der Fuchs leider nicht in die Nähe und auf 100 m ist es nachts einfach zu weit. Trotzdem schön zu beobachten. Letztens habe ich 5 Dachse aus dem Bau kommen sehen.
So und jetzt fange ich definitiv mit dem Hochseeschein an. Ich hatte mich vor ein paar Wochen angemeldet und hoffe sehr, dass ich die Theorie schaffe. Prüfung wird bereits in ein paar Monaten sein. Danach geht es darum die 1000 Seemeilen zu fahren, damit wir in der Schweiz die notwendige Praxis ausweisen können und den Hochseeschein erhalten. Es kommt eine spannende Zeit.
Ich hoffe bei Euch sind alle gesund und munter und ihr könnt Euch wieder vertragen.
Beste Grüsse
Daniela

Gesendet Mittwoch 24. Februar 2021, 21.59 Uhr

Hei Dani,
also da wär ich "echt gern" auch mal dabei - auf so einer Fuchsjagd ...
Wieso machst du den Hochseeschein (fürs Kanu brauch man den nicht 😜😁 ...), --- hast du vor ein richtiges Bood zu kaufen?
Als wir mal in Kroatien waren - da hab ich mir auch überlegt ein größeres Boot mal zu mieten für ein paar Tage (geht da anscheinend auch ohne Schein), aber hab es dann doch nicht gemacht ....
Wo und wie machst du die 1000 Seemeilen?
--- Planst du da eine (Welt)Reise mit einem größeren Boot selber zu machen? ---

100

Ab nächster Woche muß ich ein halbes Jahr überbrücken - bis zu meiner Rente - die dann am 1 September 2021 losgeht und wenn die dann durch ist beantrage ich meine nächste Rente in der Schweiz, weil ich da auch recht lange gearbeitet hab, dann hab ich noch 2 mal Mieteinnahmen --- und ein neuer Abschnitt in meinem Leben kann beginnen ...
Mit meiner Frau vertrag ich mich immer noch nicht so wirklich (sie ist etwas zu temperamentvoll, - hat spanisches Blut in den Adern ...), aber ich bemüh mich echt (- soweit es mir möglich ist -) und wenn das wirklich nicht mehr wird, dann schaun wir mal was das Leben noch so alles auf Lager hat ....
- bin ein Lebenskünstler, kann gut improvisieren und probier "immer noch" gern neue Sachen oder Ideen aus (und Ideen hab ich eigentlich noch genug - nur die Zeit wird jetzt langsam etwas knapp, - das alles zu realisieren).

Gruß Noby

Gesendet Montag, 15.3.2021, 23.47 Uhr

Hei Dani,
es ist glaub wieder mal Zeit ein paar Zeilen auszutauschen:
Also ich hab mir einen kleinen Laptop zugelegt für die Reise (ein echt gutes Teil) und ein Klapp-Fahrrad das man im Kanu mitnehmen kann, - wenn wir mal einen Fluß runter fahren ...
Dann möcht ich dir gern eine Frage stellen: Wie sportlich bist "du" eigentlich, --- also sagen wir mal 1 = sehr sportlich, 2 = recht sportlich, 3 = sportlich, 4 = geht so, 5 = unsportlich und 6 = lahm (wie die

Noten in der Schule), also ich würde mich im Moment bei 3 bis 4 einreihen, --- lauf seit Anfang diesen Jahres jedes Wochenende immer so 4 bis 18km und 1 Jahr bevor es dann losgehen soll - will ich noch zusätzlich mit Fahrrad und Kanu trainieren und vielleicht sogar nochmal "versuchen" mit joggen anfangen ...

Was macht dein Hochseeschein? --- Warum machst du den überhaupt?

Und planst du jetzt deinen Hund auf unserer Reise mit zu nehmen?

Gruß Noby 😊

Gesendet: 16. März 2021, 21.04 Uhr

Hallo Noby

Ja, die Zeit vergeht im Flug. Schön von Dir zu hören.

Deine Frage betreffend meiner Sportlichkeit beantworte ich Dir gerne. Ich würde mich selber als sportlich einstufen, mein Mann würde wohl sogar sagen, dass ich recht sportlich bin. Ich laufe jeden Tag 5 - 10 km. Gell, mit laufen meinst Du spazieren, wandern. Ich frage deshalb, weil bei uns in der Schweiz laufen eben joggen, springen ist. Früher bin ich regelmässig gejoggt, heute lasse ich das, weil mir manchmal mein «Halux valgus» etwas Mühe bereitet. Das ist so eine Erhöhung am Fuss, hinter dem grossen Zeh, aussen. Der drückt auf den Schuh und das gibt unangenehme Schmerzen. Ich liess meine beiden Füsse vor 15 Jahren operieren. Der linke «Halux» ist leider wieder zurückgekommen, der rechte Fuss ist gut geblieben. Ich wandere sehr gerne, und das gibt dann gut und gerne Tagesetappen von 20 – 25 km,

102

je nach Höhenunterschied. Grad am Wochenende bin ich mit einer Bekannten rund um den Baldeggersee gelaufen, das waren rund 16 km in 5 Stunden. Wir haben's gemütlich genommen.

Ich kann immer noch gut auf Bäume klettern. Das habe ich grad vor ein paar Wochen beim Bäumeschneiden in unserem Garten unter Beweis gestellt. Mit Leiter, teilweise freiklettern, mit Säge «bewaffnet». Das sah schon recht gefährlich aus. SMILE
Ein bisschen stolz bin ich, dass ich noch recht gut balancieren kann, am Fluss von einem Stein zum anderen springen....halt einfach so Sachen, die man von einer bald 60jährigen Frau gar nicht so erwarten würde. Ich bewege mich einfach gerne und mache regelmässig Dehnübungen. Wenn unser Freibad wieder aufgeht, will ich mindestens einmal pro Woche schwimmen gehen, d.h. auch bei 18grädigem Wasser rund 30 Minuten schwimmen.

Ich bin überhaupt keine Aktivsportlerin, ich würde mich einfach als Bewegungstyp bezeichnen. Ich passe in kein Fitnesscenter, sondern bin gerne draussen in der freien Natur. Gute Ernährung ist mir wichtig, darum bin ich mit meinen 168 cm um die 55 kg schwer. Aktuell in der Fastenzeit verzichte ich bewusst auf Alkohol. Ich habe das Gefühl das tut mir gut, kurz vor Ostern kann ich dann wieder anfangen und ich freue mich riesig auf ein Glas Wein (es werden dann bestimmt 3 oder 4). Mein einziges Laster aktuell ist das Rauchen.

Nun hoffe ich, dass ich Dich mit meinen Ausführungen nicht gleich «erschlagen» habe.....konnte einfach grad so aus dem Herzen reden.

Zum Hochseeschein: Ich bin gut gestartet und die Materie finde ich faszinierend. Es ist aber auch sehr zeitintensiv und anspruchsvoll die vielen Aufgaben zu lösen und insbesondere sich in eine Materie einzudenken, die wir grad hier in der Schweiz nicht haben. Zum Beispiel die Gezeiten, Ebbe/Flut berechnen. Aber das habe ich ja so gewollt.....Meinen Prüfungstermin habe ich auch bereits gebucht. Du kannst mir am 19.6.2021 die Daumen drücken. Prüfung der Theorie in 7 Spezialgebieten von 9.00 – 17.00 Uhr. Ich weiss heute noch nicht, ob ich das schaffe. Absicht ist es natürlich schon.

Auf Deine Frage, wieso ich den mache, kann ich folgende Antwort geben. Ich will etwas Neues kennenlernen und insbesondere lernen. Es fasziniert mich, wenn ich weiss, wie ich navigieren muss (auf See oder Land) oder wie sich das Wetter verhält (Meteorologie) oder wie und warum die Erde in Längen- und Breitengrade eingeteilt ist und wie man seinen Standort berechnet bzw. wie das vom GPS gemacht wird. Fast wäre es wie Autofahren, wenn da nicht noch Wind und Strömung zu berücksichtigen wären.....

Zu meinem Hund. Gerade heute ist Diana läufig geworden. In 10 Tagen gehen wir zum Rüden. Ich hoffe, dass es dann klappt und der W-Wurf nach 63 Tagen auf die Welt kommt. Ob ich Sie dann mit auf die Reise nehme, kann ich heute nicht beantworten. Es ist wohl ein Abwägen von Vor-

oder Nachteilen. Ist das wichtig für Dich zu wissen?

Du scheinst ein praktisch veranlagter Mensch zu sein. Kleiner Laptop, Klapp-Fahrrad für's Kanu usw. Das sind alles Dinge, die ich mir auch ab und zu überlege. Die Vorlaufzeit ist aber noch sooooo lang, dass ich mich heute noch nicht entscheiden möchte. Weniger ist mehr, dafür das Richtige, wäre da mein Leitsatz. Was das jetzt genau heisst, weiss ich wohl erst, wenn ich am Packen bin.

Das nächste Mal erzähl' ich Dir vom Forellenfischen im Bach.

Beste Grüsse Daniela

Gesendet am Mittwoch, 17. März 2021, 08.26 Uhr

Hallo Dani,
mit laufen mein ich spazieren gehn oder wandern (ok - bei uns heißt laufen "bei Sportlern" auch joggen).

Mit deinem «Halux valgus», bekommst du da auch Probleme wenn wir Wanderungen mit Gepäck machen?

Und mit deinem Hund mitnehmen - weiß auch nicht so wirklich - hat Vor und Nachteile - wir hätten eine natürliche Alarmanlage und könnten mit ihm vielleicht auch sogar noch intensiver die Natur da erleben, - aber wie verhält er sich wenn wir mal einem Bär begegnen, dann ist das Wetter schon als öfters mal feucht und matschig, - dann der nasse Hund im Auto oder Wohnwagen, was ist

am Zoll, oder wenn wir mal irgendwo hin wollen oder irgendwo einchecken wollen, wo keine Hunde erlaubt sind? --- Schaun wir mal ...
Hoffentlich haben wir das mit dem Corona bald überstanden - morgen hab ich den 1. Impftermin, - erst mal ein Vorgespräch! Wie läuft das bei euch ab, - bist du schon geimpft?

In 2 Wochen geht meine Motorradsaison wieder los - kanns kaum abwarten wieder mal auf meinem Moped rum zu tuggern ...

Gruß Noby

Gesendet am Dienstag, 23. März 2021, 11.16 Uhr

Hallo Noby
Ja gell, da muss man schauen, dass die Wörter nicht missverstanden werden. So bedeutet bei uns im Schwyzerdütschen das «Schmecken» halt riechen (also mit der Nase) und in Deutschland bedeutet es «goutieren» (auf der Zunge).
Nein, mein Halux macht mir keine Mühe. Seinerzeit schon, deshalb liess ich ihn operieren. Ich schaue heute, dass ich immer gutes Schuhwerk trage und für «Stöckelschuhe» bin ich wirklich nicht mehr geeignet.

Mach Dir keine Gedanken wegen dem Hund. Es gibt ebensoviele Vorteile wie Nachteile, wenn man einen Hund dabei hat. Die Bärenbegegnung habe ich mir auch schon überlegt.....ich würde sie dann sicher von der Leine lassen. Nicht, dass sie den Bären jagt, sondern, dass sie sich aus dem Staub machen kann. Betreffend Zoll sollte das kein Problem sein, Ausweis und Impfungen sind ja

106

dabei...ich müsste mich nur betreffend Einfuhr von Hunden erkundigen.

Meine HD hat etwas «Flugrost» angesetzt. An Ostern will ich sie aber auch wieder «tiptopgepützelt» sehen. Ich freue mich auch riesig, wenn ich wieder «Töfffahren» kann. Ich teile aktuell mein Auto mit meiner Tochter, welche als Lehrerin 15 km weiter entfernt Schule gibt. Da habe ich dann mit dem Motorrad für mich eine flexible Lösung. Einzig mit dem Hund habe ich noch keine praktikable Motorrad-Lösung gefunden. Ich wollte schon mal hinten auf dem Sitz eine leere Oel-Tonne, (siehe Bild), die dann der Länge nach halbiert wird, festmachen, wo Diana darin Platz nehmen könnte bzw. sie gesichert wird. Weiss nicht so genau, ob ihr das gefallen würde. Vielleicht kannst Du als «Praktiker» ja mal schauen, wenn Du hier bist, ob so etwas funktionieren würde.

Ah, betreffend Impfung hast Du mich noch gefragt. Ich lass denen den Vortritt, die die Impfung wollen und brauchen. Im Moment gibt es bei uns Nachschub-Schwierigkeiten. Sollte der Impfpass eingeführt werden, so muss ich wohl oder übel in den sauren Apfel beissen und mich impfen lassen, sonst komm' ich ja gar nicht aus der Schweiz raus. Persönlich sehe ich die Impfung aber nicht als «das heilbringende Mittel» gegen einen Virus, den es immer wieder neu geben wird. Ich harre also der Dinge die da kommen. Ist es bei Dir gutgelaufen, bist Du schon geimpft?

Beste Grüsse
Daniela

Gesendet: Mittwoch, 24. März 2021, 17.17 Uhr

Hallo Dani,
ich bin noch nicht geimpft, - war schon bem Doktor
(so ne Anmeldung ausfüllen), und hoff das ich die
Impfung bald bekomm und so auf jeden Fall einen
"teilweisen Schutz hab". --- Hatte mal ne
Lungenoperation, hab da einen Zahn von mir
reinbekommen - dann Jahre später eine
Lungenentzündung und hatte dann Probleme mit
dem Zahn in der Lunge (Bronchen) und es wurde
ein Teil vom Gewebe, da wo der Zahn eigewachsen
war rausgenommen --- weiß jetzt nicht wie sich das
auswirkt - wenn ich mal mit dieses Corona von
jemand angesteckt werde, ob das schlecht ist. Ist
alles wieder gut, aber eben ... Der Zahn ist mir bei
einem Unfall beim Drachenfliegen da rein
gekommen, - bin mal abgestürzt.
Deine Idee mit der Tonne - also ich weiß nicht
wirklich ob die gut ist - da muß (nach meiner
Meinung) schon ein Kasten drauf, oder so ... -
damit du das auch richtig befestigen kannst! - Hast
du eine Sissybar hinten?

Hier ein paar Vorschläge:
https://www.countrydog.de/hunderucksack/
oder https://www.faz.net/aktuell/gesellschaft/
hund-als-beifahrer-auf-motorrad-16110882.html
Gruß Noby ☺

Gesendet am Dienstag 30. März 2021, 11.08 Uhr

Hallo Noby
Oh, damit mit dem Zahn in der Lunge ist ja eine
ganz spannende und spezielle Geschichte. Du
warst mal Drachenflieger. Wenn Du da abgestürzt

108

bist, war das bestimmt ein lebensgefährliches Ereignis.

Betreffend Corona trifft es (eigentlich wie immer) diejenigen mit einem schwachen Immunsystem oder diejenigen mit Vorerkrankungen, die man manchmal gar nicht kennt. Z.B. Bluthochdruck usw. Sich wegen Corona aber in Angst versetzen zu lassen, wäre sicherlich der falsche Ratgeber. Uebliche Hygienemassnahmen, sich fernhalten von Grossversammlungen, halt die Maske tragen usw. .....das Leben ist ja schlussendlich lebensgefährlich, da könnte viel mehr passieren wie Corona.

Gestern war ich am Nachmittag angeln auf Forelle. Das war ganz, ganz toll. Ich habe drei Forellen gefangen, die wir am Abend gebraten haben. Keine Zuchtforellen, sondern die schönen, bunten, farbig-gepunkteten Bachforellen. Das war nicht nur lecker, sondern ein ganz tolles Erlebnis. Eine erste Fahrt mit meiner Harley, die Angelrute und die hohen Stiefel hatten auch Platz. Ich glaube, ich mache das heute wieder. Mein Motorrad habe ich am Wochenende geputzt, Flugrost entfernt, Pneus gepumpt und somit parat gemacht für die Saison. Das mit der Tonne muss ich mir noch überlegen, doch ich kenne jemanden, der das auch schon für sein Motorrad gemacht hat. Mal schauen, ob sich das lohnt, praktisch wäre es schon.

Ja und am Wochenende bin ich mit Diana zum Deckrüden gefahren. Die Verpaarung hat geklappt, so erwarten wir ganz Enden Mai den W-Wurf. Mir wird es also überhaupt nicht langweilig. SMILE

Ab Mai ist schon wieder der Sommerbock auf und jetzt in den nächsten Tagen will ich in meinem Revier zur Wildbeobachtung einige Zeit verbringen. Ich wünsche Dir frohe Ostertage und schicke beste Grüsse Daniela

Gesendet: Dienstag 30. März 2021, 12.57 Uhr

Hallo Dani,
ja - bei dem Absturz waren grad eine andere Gruppe dran den Flugschein zu machen (Prüfung) und ich wollte denen nicht in den Weg kommen, - hab mich da etwas verschätzt und wollte noch über ein paar hohe Tannen zum Landeplatz fliegen, - bin noch rüber gekommen, aber dann zu langsam geworden und runter gings ... - Haben mich dann mit dem Rettungshubschrauber ins Krankenhaus gebracht und anscheinend 2 mal wieder zurück geholt ins Leben. Hatte den Arm und den Kiefer gebrochen und sie mußten einige kl. Metallschienen im Kopf anbringen. - Aber war ne echt ganz tolle Zeit, - das Schönste - bin 1 mal über Schloß Neuschwanstein geflogen, --- das war es schon wert!

Du führst auch ein ganz interessantes und aufregendes Leben (Jägerin, fährst ne Harley, machst den Hochseeschein, dein etwas spezieller Hund (wegen der Rasse), Kanufahren, deine Wanderungen und deine (wie ich schon mitbekommen hab) tolle Familie --- "Respekt" --- (oder hab ich noch was vergessen?).

Ich darf erst am Donnerstag wieder mit meinem Moped auf die Straße,- werde dann am kommenden Wochenende meine erste Tour machen (wenn's Wetter mitspielt).

Gruß Noby 😊 - und wünsch dir auch frohe Ostertage ...

Gesendet: Freitag, 23. April 2021, 8.23 Uhr

Servus Dani,
hab vor 2 Tagen meine 1. AstraZeneca - Impfung bekommen und geht mir nicht wirklich gut: Kopfweh, als schwindelig, leicht erhöht Temeratur und Übergeben mußte ich mich auch schon mal - -- ist also unangenehm so ne Impfung --- weiß ja nicht - ob das jedem so geht ...

Wollt eigentlich ne tolle Wanderung machen - jetzt übers Wochenende, aber ... : Koberfelsen - Hängesteig - Runde von Burgk (bei D - 07907 Schleiz). Wunderschöner Steg an der Saale (Fluß) entlang, - hier kann man am Saalehang entlang laufen /02:56/10,3 km (hab da ein neues Wanderportal im Internet entdeckt: "**komoot**", da hat es tolle Touren in meiner Umgebung (und auch überall), - fahr ich jetzt immer mit dem Motorrad hin und wandere). Letzte Woche hab ich den Förmitzspeicher Rundweg gemacht - und da haben sie geangelt - hab die dann gefragt was ein Angelschein kostet (150 Euro/Jahr), --- würd mir da auch richtig gut gefallen --- da an dem tollen See zu sitzen - und auf einen Fisch zu warten ...

Ansonsten --- will mir noch ein 2. Auto zulegen - ein kl. VW-Polo. --- Fahr meine Frau jeden Tag zur Arbeit (hat kein Führerschein)- und muß dann immer am Tag 4mal die Strecke fahrn (40m/Tag).

--- Mein Auto ein wenig schonen, --- hat auch schon 120000km drauf.

Was gibt es denn bei dir Neues?

Gruß Noby

Gesendet: Samstag 24. April 2021, 14.05 Uhr

Hallo Noby
Suuuuper Deine Wanderungen. Auf den Klettersteig komme ich auch gerne mal mit. Ist doch einfach schön, so in der Frühlingsnatur. Ich bin fleissig am Bärlauch sammeln. Mache Bärlauchspinat, Pesto, Lasagne mit Bärlauch und die Kapern (Knospen) lege ich in Essig oder Oel ein. Ist lecker zu Wurst oder Käse. Viele Rezepte findest Du im Internet. Bärlauch hat's ja genügend im Wald.
Tja dann bin ich fleissig am Wild zählen und beobachten. Da konnte ich doch letztens Jungfüchsen zuschauen. Ich lege dir ein paar Bilder bei. Da kann man stundenlang zusehen.
Und dann habe ich das mit dem Birkenwasser noch ausprobiert. Findest Du auch im Internet. Schmeckt lecker das Birkenwasser, einfach das kleine Lock wieder sauber verschliessen, dann passiert dem Baum nichts.
Am 1. Mai ist die Eröffnung der Sommerbockjagd. Da bin ich viel im Wald unterwegs. Ich will meinen Kletterhochsitz noch installieren. Ich werde also in der nächsten Zeit viel in der Natur sein. Hoffen wir, dass das Frühlingswetter bleibt.
Ich hoffe die 2. Impfung verträgst Du besser. Auf alle Fälle gute Genesung.

Töfffahren: Eine Freundin aus D hat sich auch überlegt Mitte Mai in die Schweiz zu kommen zu Motorradfahren. Wäre doch toll, wenn es klappt, dann wären wir zu dritt unterwegs. Beobachten wir mal, was mit Corona alles möglich sein wird.

Beste Grüsse Daniela

Gesendet: 24. April 2021, 15.42 Uhr

Hallo Dani,

du weißt viele echt interessante Sachen - da kann man ja noch einiges von dir lernen ...

Ja - und mit dem Töfffahren, - wir können gern in einer Gruppe fahren.

Mal schaun - vielleicht frag ich dann noch meinen Cousin, ob er mit kommen will - "nach Luzern" - ist schon in Rente (bei dem übernachte ich wahrscheinlich vorher, - wollte eigentlich ein Zimmer irgendwo mieten, - aber wir schreiben uns dauernd in Whatsapp und er will das ich zu ihm komm - wohnt auch da an der Schweizer Grenze). Fährt ne Triumph BONNEVILLE und hat auch ne alte Güllenpumpe (500 Honda) zu Hause stehen.

--- "Vorausgesetzt das Wetter und Corona hat nix dagegen, - wie du bereits schon erwähnt hast" ... - -- Ist ja schon in 3 Wochen ---- wie die Zeit vergeht ... ---

Gruß Noby

Gesendet: Samstag 8. Mai 2021, 12.26 Uhr

Hallo Dani,
ich habe dir vor 2 Tagen eine Mail geschickt - eigentlich "2 mal das Gleiche", weil ich eine Fehlmeldung bekommen hab. Kommt mir jetzt doch etwas "spanisch" vor und ich möcht mal nachfragen - ob du was bekommen hast? ---- Beim verschicken wird das immer größer und größer - weil immer nur die Mails dran gehängt werden. Hab die alten Mails mal weg gemacht - vielleicht war das der Grund - weil ich Fehlmeldungen bekommmen habe --- waren vielleicht schon zu viel ...
Gib doch mal bitte kurz eine Rückmeldung ...
Gruß Noby

Gesendet: Samstag, 8. Mai 2021, 16.10 Uhr

Hallo Noby
Ich habe gar nichts erhalten von Dir. Ich melde mich bald mal wieder.

Beste Grüsse Daniela

Gesendet: Samstag, 8. Mai 2021, 18.24 Uhr

Ok, - schick dir diese Mail jetzt zum 3. mal --- und hoff - das klappt jetzt endlich:

Hallo Dani,
ich glaub mit dem Treffen (am 17.5.) wird das wieder nix, - laut Wettervorhersage ist da leichter Regen bei 12 Grad - bei euch angesagt - nicht grad

114

gutes Töffwetter ... Können wir das vielleicht 1 oder 2 Wochen verschieben --- einfach spontan machen dann --- vorausgesetzt du hast da dann auch Zeit ... Mein Cousin kann auch nicht mitkommen - hat Problem mit seinem Knie - fährt nur als kurze Strecken ... Und dann hab ich meinen Hinterreifen für's Motorrad immer noch nicht, - anscheinend Lieferprobleme wegen Corona ...

Wie weit bist du mit deinem Kletterhochsitz - fertig?
Und die Sommerbockjagd - erzähl mal ...
Wie läuft es mit deinem Hochseeschein, am 19.6.2021 hast du geschrieben ist deine Prüfung - ist ja auch schon in ca. 6 Wochen - hast du etwas Bammel - oder alles easy?

Ich hab mir einen kleinen Zweitwagen gekauft - einen VW Fox (mit 84.000km) - meinen Mercedes etwas schonen für unseren Skandinvien-Trip. Dann war bei uns vor ein paar Tagen recht heftiger Sturm - hat mir das Überdachung vom Wohnwagen weggerissen - muß ich reparieren und dann fang ich an einen Parkplatz vor unserem Haus für meinen Mieter zu bauen - sein Auto muß er immer mitten in unsern Hof stellen - ist dauernd im Weg. --- Also - es gibt viel zu tun - bei mir ...

Dieses Wochenende geh ich meinem altes Hobby seit sehr langer Zeit wieder mal nach - und such Mineralien (hab rausgefunden hier "in der Gegend" gibt es einige tolle Stellen zum Suchen - schau mir die Stelle erst mal kurz an und entscheide ob ich da dann mal richtig Zeit investiere - um was zu finden - Dann hab ich in spin.de - einer Online-

Community jemand kennen gelernt - wir wollen zusammen mal etwas wanden gehen.

--- Mit "meiner Frau" wird das leider doch nicht mehr wieder gut --- und ich will später nicht mal allein da stehen ... (hoffe du denkst jetzt nicht schlecht von mir) ...

Hoff auch das das mit unserem Treffen endlich mal klappt (in einem Jahr und etwas mehr als einem Monat soll es ja schon losgehen).

Wünsch dir noch einen schönen Muttertag 🍸 ... und viele Grüße aus Oberfranken
Noby

Gesendet Dienstag, 11. Mai 2021, 12.30 Uhr

Hallo Noby
Jetzt hat's geklappt.
Ja, das Wetter und Corona lassen da noch nicht grossartige Töfftouren zu. Es ist besser, wenn wir das verschieben. Ute, die Bekannte mit dem Motorrad hat sich auch gemeldet und kommt nicht bzw. verschiebt Ihre Tour infolge der Schlechtwetterprognosen. Sie plant anfangs Juli am Harley-Event in Lugano (Tessin) teilzunehmen. Bei mir wird es ab 25. Mai 2021 mit Töfftouren etwas eng. Einerseits wird dann unser Haus eingerüstet und aussen saniert/gestrichen usw. Ich darf das mit den Handwerkern alles koordinieren. Andererseits erwarten wir Ende Mai den W-Wurf von Diana (der Tierarzt hat beim Ultraschall 5 – 6 Welpen festgestellt). Dann muss ich mich im Juni/Juli um die Welpen kümmern, damit ich vom 31. Juli – 7. August 2021 nach Südfrankreich kann.

116

Das bedeutet, dass ich dann maximal halbtageweise abwesend sein kann.

Am nächsten Freitag sind wir (mein Mann und ich) nun zur 1. Impfung angemeldet und die zweite folgt dann einen Monat später. Damit wären wir dann wieder «Auslandtauglich», sollte das mit den Grenzen wieder aufgehen.

Dem Sommerbock bin ich aktuell auf den «Fersen». Angesprochen hatte ich ihn nur mal durch den Blätterwald mit dem Feldstecher. Er hat schon 2 x «geschreckt» und ist dann im Unterholz verschwunden, weil er mich wahrgenommen hat. Es muss ein alter, schlauer Bock sein. Ich muss mich also anstrengen und ihn irgendwie überlisten, was frühmorgens, mittags oder abends möglich ist. Vielleicht geht es mit meinem Kletterhochsitz. Das ist ja eben das Spannende, dass es nicht so einfach ist. Zudem bin ich auch lieber bei gutem Wetter unterwegs bzw. auf alle Fälle nicht bei Regen und viel Wind.

Du bist «Strahler»! Das finde ich ja faszinierend....und wenn Du dann den richtigen Stein aufschlägst sieht man Kristalle (ist sicherlich komplizierter, aber eben total faszinierend). Da kann Du mir einiges beibringen. Bei uns in der Schweiz gibt's ja auch einige Stellen. Mit dem richtigen Kowhow und Werkzeug, ist das eine ganz tolle Beschäftigung. Meist muss man auch noch etliche Stunden wandern, damit man das richtige Gebiet dann hat, wo man auf die Suche gehen kann. Viel Erfolg.

Das tut mir leid, dass das mit Eurer Ehe nicht wieder in Ordnung kommt. Ich wünsche Euch einfach, dass es dann eine einvernehmliche Trennung wird und jeder wieder sein Glück findet. Ich wünsche Dir viel Kraft und Nerven, damit ihr zusammen eine gute Lösung findet. Macht ihr das selber oder braucht ihr einen Anwalt? Meistens ja schon, damit man die Details richtig regelt. Bei uns gibt so Hilfestellungen und Stellen, wo man sich orientieren kann.

Uebrigens wegen Skandinavien in einem Jahr. Ich könnte gut verstehen, wenn Du das mit einer anderen Frau machst bzw. nicht mit mir. Es geht ja noch soooo lange. Lassen wir es einfach auf uns zukommen.

Beste Grüsse Daniela

Gesendet: Donnerstag, 13. Mai 2021, 12.46 Uhr

Hallo Dani,
Was macht ihr in Südfrankreich - benutzt du da deinen Hochseeschein?

Meine Frau meinte wegen der Scheidung, - wenn ich ihr 20.000 Euro geb, dann kann sie in den Philippinen einen Laden aufmachen und wir ziehen das "dann später" so durch, - eigentlich ne gute Lösung, - aber ich muß mich da erst noch richtig schlau machen ...

Mit unserem gemeinsamen Reise durch Skandinavien - weiß ich jetzt auch nicht, wie das weiter geht!? Wir sollten uns schon mal persönlich kennen lernen - bevor wir so eine lange Reise

118

gemeinsam machen - und schaun, - ob das auch machbar ist. - Meine Wettervorhersage sagt, das das übernächste Wochenende - auch Regen ist. -- - Und bei Regen so weit mit dem Töff - das muß nicht sein ... Aber es ist ja noch Zeit und ich werd "mal" bei euch vorbei schaun, - egal ob "wir" die Reise gemeinsam machen, - oder nicht ... Als ich früher (also vor meiner Ehe) mit dem Camion 3 mal in der Woche nach Lausanne gefahren bin und dann da 2 mal in einem Hotel übernachtete - hatte ich auch eine schweizer Freundin (die Sekträtärin in unserem Speditionsbüro in Lausanne) und wir haben uns oft abends nach Feierabend getroffen - wäre auch was geworden - aber ich war zu blöd für die Liebe (zu schüchtern)... --- War die Zeit - wo ich immer Camion gefahren bin, bis ich genug Geld hatte und dann - einige Monate in die Welt raus gezogen bin. Du bist "glaub" auch so ein Kumpelweib (sorry, aber mir fällt grad kein anderes Wort ein), - mit der man gut auskommt ...

PS. Oder hast du schon eine Alternative gefunden? - Gibt ja bestimmt noch mehr Leute mit solchen Reiseplänen (wo auch nicht so weit weg wohnen) - ich bin da echt sehr flexibel und würde diese Reise auch alleine machen ...

Gruß Noby

Gesendet: Montag 17. Mai 2021, 12.59 Uhr

Hallo Dani,
und wie ist das Wetter bei euch - bei uns ist grad starker Regen (ihr habt bewölkt mit abundzu Sonnenschein, - oder (laut Wetterwebcam)?

119

Das mit dem Besuch bei euch - da komm ich wenn es wieder schöner Wetter wird mal vorbei (mit vorheriger Anmeldung) und wir machen mal ein "Meeting", man sieht ja dann schon ob das ok ist - brauchen ja da nicht unbedingt mit dem Motorrad auf Tour gehen (- bin dann sowieso schon genug gefahren ... und zurück will ich dann auch noch am selben Tag ...
Gruß Noby

Gesendet Montag, 17. Mai 2021, 14.24 Uhr

Hallo Noby
Wir fahren schon seit über 20 Jahren regelmässig nach Südfrankreich. Die Provence kennen wir recht gut. Unsere Freunde aus Köln (Klaus und Antje) sind auch dabei. Wir mieten immer ein schönes Haus/Anwesen und lassen es uns dann gut gehen. So ist es die Absicht auch dieses Mal eine Woche in Ste. Maxime zu bleiben. Nein den Hochseeschein brauche ich da nicht...wir liegen nur faul rum. SMILE

Die theoretische Prüfung ist Mitte Juni angesagt. Danach geht es zum Meilen sammeln auf Segel- oder Motorboot-Törns. Da muss ich dann schauen, wo ich die machen kann. Meistens sind das Angebote, wo alle an Bord irgendeine Aufgabe haben um die Meilen zu machen. Ich weiss heute noch nicht, ob ich dann mal zu den «Seefahrern» mutiere. Aktuell ist mir das ganze immer noch etwas suspekt und «mordsmässig» schwierig.

Betreffend Skandinavien: Ich denke, dass Du diese Reise vielleicht gerne mit einer «zukünftigen Partnerin» machen möchtest. Da sich die

Trennung mit deiner Frau nun zu konkretisieren scheint und Du ja (begreiflicherweise) nicht alleine «alt werden» willst. Ich wäre da einfach die falsche Person, wenn Du konkrete Absichten in mich setzen würdest bzw. ich habe eine intakte Partnerschaft und gut funktionierende Familie. Als Reisepartner/Kumpel immer zu haben....das mit dem «Kumpelweib» gefällt mir irgendwie....SMILE Ich glaube, es ist das Beste, wenn wir hier einfach völlig offen bleiben. Ich habe Verständnis, wenn Du jemand anders findest....und vielleicht treffend wir uns ja dann sowieso im hohen Norden...Ich finde es einfach schön, wenn man ganz verschiedene Optionen hat.

Meinen ersten Sommerbock habe ich am letzten Freitag erlegt. Ich habe ihn unter einer Tanne «im Lager» mit dem Feldstecher gesichtet und konnte ihn längere Zeit beobachten. Man wird dann immer unsicher. Ist es doch eine Geiss? Ist es ein Bock? Stimmt die Flugbahn oder hat es Aeste/Gräser in der Bahn? Ist es nicht zu weit? Auf alle Fälle habe ich mir irgendwann gesagt, wenn der Bock jetzt aufsteht dann schiesse ich. Im Lager schiesst man keine Tiere, das ist unweidmännisch. Nach 10 Minuten im Regen, ich kniend hinter der Tanne, war es dann soweit. Mit einem Schuss auf etwa 120 Meter mit gutem Kugelfang konnte ich den Bock zur Strecke bringen.

Beste Grüsse aus dem regnerischen Seetal (der Entscheid nicht mit dem Motorrad zu kommen war definitiv richtig). Daniela

Gesendet: Dienstag, 18. Mai 2021, 12.45 Uhr

Hallo Dani,
ja - kurz - nach Monaco sind wir (mein Kumpel und ich) mal mit unseren Motorrädern - so wirklich ganz spontan runter gefahren, - irgendwo in den Alpen ziemlich weit oben - unter einer alten Brücke übernachtet - das war *richtig* cool (früher abundzu mal so'n Scheiß gemacht) ...

Deine Worte:
Ich finde es einfach schön, wenn man ganz verschiedene Optionen hat. - Vielleicht treffen wir uns ja dann sowieso im hohen Norden... --- Das ist ganz ok so ... ! (Danke dir ... 😀 ...). --- Also nur zum klarstellen - du wärst dann natürlich nur eine Reisepartnerin «Kumpelweib». --- Ich glaube jetzt auch -- es ist das Beste, - wenn wir hier einfach völlig offen bleiben.

Aber ich möcht schon ganz gern bei euch mal vorbei schaun, wenn ich da unten (in Baden-Württemberg) bin und wie gesagt - schaun wir mal wie unsere Reisepläne später realisiert werden: Zusammen, dort treffen oder was auch immer ...

Gruß Noby 😊

Gesendet: Freitag, 28. Mai 2021 10:50 Uhr

Hallo Noby
Ich bin aktuell grad ein bisschen viel beschäftigt. Diana wird kurzum ihre Jungen bekommen und dann lerne ich fleissig für die Hochsee-Prüfung. Da habe ich mit versegeln schon ganz neue Kontinente

122

entdeckt. SMILE. Ich merke, dass das grad eine grössere Herausforderung ist...mal schauen, mitte Juni ist ja bereits Prüfungstermin.

Wenn Diana dann die Welpen hat, so haben wir jeweils 3 – 4 Wochen jeweils kaum Besuch, damit sie ihre Ruhe hat. Ab Juli wäre das dann schon zu machen, dass wir uns treffen. Meinerseits werde ich einfach nicht Töfftouren machen können, da die Welpen einen schon sehr beschäftigen und ich da sein muss.

Schön, dass Dir das mit den Optionen auch zusagt. Ich hoffe es läuft alles rund bei dir.

Beste Grüsse
Daniela

Gesendet: Samstag, 29. Mai 2021, 09.42 Uhr

Hallo Dani,

das passt jetzt perfekt, - ich hab mir überlegt: Am 14. Juli bekomm ich die 2. Impfung, - dann ist das schon mal einfacher ...

Und da hab ich hoffentlich meinen positiven Rentenbescheid, --- die schweizer Rente wird auch gleich beantragt (früher - mit Abzügen), --- da könnte es sein das ich persönlich - aus irgendeinem Grund "bei dem Amt in der Schweiz" vorsprechen muß, - also könnt ich das dann auch grad erledigen.

Für deine Hochseeprüfung wünsch ich dir viel Glück und Erfolg, - ist ja schon in 14 Tagen.

Ich will dich auch nicht irgendwie aufhalten oder ablenken - alles gut! ... mach du dein Ding ... - wir brauchen uns jetzt auch nicht dauernd zu schreiben - im Juli dann halt wieder - das ist Ok!

Gruß Noby

Gesendet: Montag, 21. Juni 2021 um 17:26 Uhr

Hallo Noby
Da bin ich wieder. SMILE
Ich hoffe es geht Dir gut und Du bist mit guten Dingen beschäftigt, so wie ich.
Ich bin zweifach geimpft, gesund, munter und die Welpen sind auch schon mehr als 3 Wochen alt. Am Abend meiner letzten E-Mail sind dann 6 Welpen (3 Männchen, 3 Weibchen), im Gewicht von rund 350 Gramm auf die Welt gekommen. Immer wieder ein ganz tolles Erlebnis für die ganze Familie. Mittelerweile haben sie fast schon das vierfache Geburtsgewicht, alles nur von der Muttermilch. Heute habe ich mich aber entschlossen, dass ich sie langsam mit Welpenfutter «zufüttere», damit Dana etwas entlastet wird. Seit ein paar Tagen sind sie nun auch teilweise draussen. Da es so warm ist, liegen sie faul herum und sind insbesondere in den Dämmerungsstunden besonders aktiv. Das nimmt jetzt von Tag zu Tag zu. Schön zu sehen wie sie gedeihen und zulegen.
Am letzten Samstag hatte ich dann auch meine Hochseeschein-Prüfung. Bis auf einen Punkt hat es leider in einem Modul nicht ganz gereicht, 6 Module sind aber abgeschlossen. Die Prüfung dauerte von morgens 9.00 – 17.00 Uhr mit einer kurzen Mittagspause. Für die verpatzten Kartenaufgaben habe ich mich bereits wieder angemeldet. Ich will die Theorie unbedingt abschliessen.
Tja, ich mach mal wieder Schluss und hoffe, es geht Dir gut.
Daniela

Gesendet: Samstag, 26. Juni 2021, 00.15 Uhr

Hallo Dani,

Schön von dir zu hören ... 😊 ...

Glückwunsch zu den 6 Welpen --- weiß jetzt gar nicht - ob man das so sagt, - egal - !

Habt bestimmt viel Spaß mit den Kleinen, aber bestimmt auch etwas anstrengend gelegentlich ...

Und mit dem Hochseeschein-Schein - das packst du sicher auch noch ....

Ich versuch grad abzunehmen - eß immer weniger und werd immer dicker - das nervt mich - werd jetzt einfach 1 Tag lang in der Woche einen Fastentag einlegen --- mal auprobieren --- bin jetzt bei 75kg - das ist mir zu viel - das jeden Tag rumzuschleppen - will auch mehr laufen - also spazieren gehn (aber dauernd das Scheiß Wetter).

Ansonsten bin ich auf der Suche nach einer neuen Partnerin - aber gar nicht so einfach - mit einer hab ich mich angefreundet - ist aber 6 Jahre älter wie ich und ich hab noch einiges mit der vor bevor man nur noch draußen auf dem Bänkchen sitzt und anderen Leuten zuschaut was die machen - sie fährt auch Motorrad (Guzzi), wandert gern und wollte mal nach NZ auswandern.

Dann hab ich vor "ca. 5 Wochen" ein neuen Motorradreifen in meiner Wekstatt bestellt und die haben anscheinend Lieferschwierigkeiten, - bin jetzt zu jemand anderen und bekomm ihn am 6. Juli drauf.

125

Meld mich dann vorher, wenn ich mal bei euch vorbei schauen will - und frag ob das dann auch geht ...

Gruß Noby 😊

Hallo Noby
Es macht schon sehr viel Freude mit den Welpen. Nach 10 Wochen bin aber jeweils trotzdem froh, dass sie an gute Plätze kommen und ich kann mich dann auch recht gut von ihnen trennen.
Der nächste Termin für die Kartenaufgaben beim Hochseeschein ist Samstag, 10. Juli 2021 in Bern. Drück mir die Daumen, zünde eine Kerze an oder mach' sonst irgendetwas «Hilfreiches». Es wird schon schief gehen. SMILE

Das finde ich gut, dass Du auf's Gewicht schaust. Irgendwann geht der «Winterspeck» nicht mehr weg und wenn das jedes Jahr passiert, dann setzt schon etwas an. Abnehmen geht eigentlich ganz einfach. Fleisch mit Gemüse oder Salaten (kein Brot, keine Teigwaren, keine Kartoffeln = keine Kohlenhydrate) Wenn Du zwischendurch Hunger hast einen Apfel (keine Bananen) und zum Trinken nur Wasser (allenfalls künstlich gesüsst, wenn's nicht ohne geht). Wenn Du Biertrinker bist, dann allenfalls dort limitieren. Viel Bewegung und viel an der frischen Luft. Du schaffst Da bestimmt die ersten 5 Kilo auf die kommende Badesaison. SMILE

Ich wünsche Dir Glück bei der Partnersuche. Das ist wirklich nicht so einfach. Einerseits weil jeder seine Vorstellungen hat und anderseits, weil man mit dem Alter schon etwas festgefahren ist bzw. seine Eigenheiten hat. «Frau mit Motorrad, wander- und auswanderungsmutig» scheint doch ganz nett zu sein. Toitoitoi.

Mit Motorradfahren war aufgrund des schlechten Wetters noch nicht viel los bei mir. Die Aussichten sind aktuell auch nicht rosig und je älter die Welpen sind umso weniger Zeit habe ich für Motorradtouren. Anfangs August bin ich noch eine Woche ferienabwesend. Melde Dich, wenn Du in der Schweiz bist. Solltest Du im August planen, wäre das mit einer Motorradtour bestimmt zu machen. Ansonsten wäre es dann halt einfach das Kennenlernen.

Beinahe hätte ich vergessen, Dir zu berichten dass ich heute gleich zwei Schadenmeldungen an die Versicherung schicken musste. Einmal für meinen Ford Kuga, der einige Dellen von den Hagelkörnern abbekommen hat und einmal für die Lamellenstoren am Gebäude, die ziemlich vom Hagelsturm traktiert wurden. Alles nur Sachschaden, aber immer wieder mit Arbeit und Aufwand verbunden.

Beste Grüsse Daniela

Gesendet: Dienstag, 13. Juli 2021, 9.05 Uhr

Hallo Noby
Jetzt weiss ich gar nicht, ob Du meine untenstehende Mail erhalten hast.
Ich hoffe, es läuft alles rund bei Dir.

127

Meine Anschlussprüfung am 10. Juli in Bern ist geglückt. Jetzt habe ich alle theoretischen Prüfungen bestanden, es geht nun ums Meilensammeln. Der erste Törn ist für Ende August/anfangs September geplant.

Das mit dem Wetter ist für's Motorradfahren ja nicht gerade optimal. Du wolltest mal in die Schweiz kommen. Wie sehen Deine Pläne aus? Wenn ich den Wetterbericht studiere, so ist lauter Regen prognostiziert. Ich freue mich Ende Juli/anfangs August auf ein paar hoffentlich warme, sonnige Tage in der Provence.

Beste Grüsse Daniela

Gesendet: Dienstag, 13. Juli 2021, 22.49 Uhr

Hallo Dani,
erst mal """herzlichen Glückwunsch zu deiner bestanden Prüfungen 🧐"""
(und hab dein letztes Mail bekommen).

Bist du am Sonntag, den 25.7. noch zu Hause oder schon in der Provence? - Ich plane am Freitag, den 23.7. nach Baden-Württemberg zu kommen, - da ein paar Freunde besuchen und am Sonntag - dann (frühen Nachmittag) bei dir mal vorbei zu schaun, - wenn dir das recht ist und das Wetter passt. - Wenn das klappt - bitte keine so große Töfftour einplanen, - will dann noch über Nacht zurückfahren, - sind dann noch so ca. 600km für mich.
Ansonsten - hab das 1. Stockwerk bei mir im Haus vermietet und der Mieter hat mir gekündigt (will sich jetzt was Eigenes kaufen), waren richtig nette

Leute (schade), - auf jeden Fall meine "noch" Frau will jetzt da einziehen, - dann haben wir keine Probleme mehr und ist auch eine gut Lösung für unseren Sohn. Wir wollen uns erst mal nicht scheiden lassen, bis einer von uns einen neuen Partner gefunden hat. - Bin mal gespannt, - ob das so auch klappt ....

Gruß Noby ☺

Gesendet: Mittwoch, 14. Juli 2021, 16.41 Uhr

Hallo Noby
Am Sonntag 25.7. sind wir noch Zuhause. Bitte melde mir doch, wenn Deine Reise konkreter wird und Du bei uns in Hochdorf vorbeikommst. Für eine Töfftour wird es kaum reichen, maximal eine kleine hier im Seetal, da die Welpen ja dann noch da sind.
Ich freue mich, wenn es klappen sollte.

Beste Grüsse Daniela

Gesendet am Freitag, 16. Juli 2021, 11.12 Uhr

Hallo Dani,
wenn du keine Töfftour machen willst oder kannst - ist mir das auch ganz recht - ich sitz dann noch genug im Motorradsattel , bis ich dann wieder zu Hause bin. - Können uns auch gern nur irgendwo hinsetzen und uns unterhalten, - hast du da vielleicht schon eine Idee?
Ich hab also jetzt konkret vor am Sonntag, den 25.7. - so um 14:00 Uhr bei dir auf zu tauchen (Töffreifen ist drauf und 2 mal geimpft bin ich auch). Der Wetterbericht sagt zwar: Vereinzelt

Gewitter, - aber dann stell ich mich irgendwo unter und wart bis es vorbei ist (hab ja Zeit ...)
Gruß Noby

Gesendet am Freitag, 16. Juli 2021, 16.50 Uhr

Hallo Noby

Super, ist so eingetragen. Wir erwarten Dich am Sonntag, 25.7. so um 14.00 Uhr bei uns im Kannenbühlweg 8, Hochdorf. Ich freue mich. Beste Grüsse und bis bald.
Daniela

Gesendet: Freitag, 23. Juli 2021, 17.28 Uhr

Hallo Noby
Ich wollte mich nur schnell erkundigen, ob Du bereits unterwegs bist und wie Deine Reisepläne aussehen. Der Wetterkarte entnehme ich auf Samstagabend starke Gewitter. Und dann kommt wieder eine Schlechtwetterfront. Bist Du am Sonntag trotzdem unterwegs?

Beste Grüsse Daniela

Gesendet: Samstag, 24. Juli 2021, 11.23 Uhr

Hallo Dani,
bin gestern losgefahren und bis Karlsruhe (ca. 400km) gekommen, dann hat mein Töff plötzlich auf der Autobahn abgestellt - Abschleppdienst - Motorrad aufgeladen und in die nächste Werkstatt.

Lichtmaschiene oder Regler kaputt - geht jetzt so eine Woche - bis die Teile da sind und montiert!
Bin dann mit dem Zug wieder zurück und möcht in einer Woche, wenn es repariert ist - von Karlsruhe aus - meine Tour fortsetzen ...
Aber ihr seit dann vermutlich in den Ferien, - oder - wann seit ihr wieder zurück?
Sorry, klappt einfach nicht mit dem gemeinsamen Treffen ...
Ist ja noch ein Jahr Zeit, schaun wir mal ...

Gruß Noby

Gesendet 24. Juli 2021, 15.31 Uhr

Hallo Noby
Kein Problem, wenn Du Morgen nicht hier bist. Nervig für Dich, wenn das Motorrad einfach abstellt. Ich hoffe, Du kannst das wieder reparieren.
Genau, vom 31. Juli bis zum 8. August sind wir ferienabwesend. Schreib' mir einfach, was Du planst.

Beste Grüsse Daniela

Gesendet: Mittwoch, 11. August 2021, 17.07 Uhr

Hallo Dani,
ich glaub jetzt doch schon - das wird nix mehr mit unserer gemeinsamen Reise - klappt einfach nicht mit einem Treffen .... Wenn du zur selben Zeit wie ich (Mitte Juni - bis Mitte oder Ende September 2022) eine Tour durch Skandinavien planst,

131

können wir uns gern im hohen Norden mal irgendwo treffen und ein paar Tage was gemeinsam machen. - Aber ich such mir jetzt jemand aus meiner Gegend, "hab auch schon 2 Favoriten", wenn das dann wieder nicht klappt - fahr ich auch gern alleine los - kann dann machen was ich will ... --- was auch seine Vorzüge hat ... Und wenn ich das nächste Mal (mit Töff) an die schweizer Grenze komme (war also dort und viele alte Freunde getroffen - war super), dann würd ich gern auf einen Kaffee - oder eine kl. Töff-Tour vorbeikommen, - wenn das für dich OK ist .... Hoff - ihr habt einen tollen Urlaub gehabt - ohne Probleme.
Gruß Noby

Gesendet: Montag, 16. August 2021, 11.11 Uhr

Hallo Noby
Es ist ja noch soooo lange bis das Startdatum in greifbare Nähe kommt. Ich freue mich für Dich, wenn Du die oder den richtigen Reisepartner findest. Klar wäre es ganz toll, wenn wir uns so oder so im hohen Norden treffen würden. Ich glaube es ist das beste, wenn wir uns ab und zu gegenseitig informieren, wie die Pläne genau sind und uns auf dem Laufenden halten.

Komm vorbei, wenn Du in der Nähe bist. Ich werde mir auch erlauben, Dich zu kontaktieren, wenn ich in Deinem Radius unterwegs bin.

Die Hunde sind nun alle abgegeben, die neuen Besitzer sind happy. Meine Tochter hat auch einen Welpen übernommen, den hüte ich manchmal. Das klappt mit Diana und Waleah super. Ende

August/anfangs September werde ich jetzt meine ersten Segelmeilen auf den Kanaren absolvieren. Jetzt habe ich gemerkt, dass ich noch den Binnen-Segelschein machen muss. Die Binnen-Motor-Boot-Prüfung reicht nicht für den Hochsee Segelschein nur für den Hochsee Motorbootschein...und ich will schlussendlich den Hochsee-Segelschein. An unseren umliegenden Seen (Baldeggersee, Hallwilersee, Sempachersee) ist zwar das Segelnlernen möglich, doch meistens hat es zu wenig Wind. Mal schauen, wo ein Wille – da ein Weg. SMILE
Beste Grüsse Noby. Ich freue mich immer über deine Nachrichten.
Daniela

Gesendet: Dienstag, 28.September, 22.03 Uhr

Hallo Dani,
möcht mich wieder mal bei dir melden ...
Wie waren die ersten Segelmeilen auf den Kanaren?
In 2 Tagen läuft mein Saisonkenzeichen für's Moped ab und ich mach's morgen winterfest. Warst du auch noch mal mit deiner Harley auf Tour, - aber das Wetter - ist fast schon zu kalt oder Regen ... (und hast du eine Lösung - das dein Hund auf dem Motorrad mit kann?)
Wie's ausieht fahr ich alleine hoch in den Norden kommenden Juni (oder Juli), hab zwar 3 Leute kennen gelernt - aber weiß nicht, - ob das passt (und ob ich das auch wirklich will)?! ...
Mein WoWa ist jetzt richtig autark - hab noch Solarzellen zum Aufstellen gekauft und sogar seit heute Sateliten Fernseh, - wenn's Abends mal langweilig wird - auf der Tour ...

Wann planst du in den Norden zu fahren und hast du schon jemand - der mitkommt? Machst das dann wohl mit deinem Dachzelt auf dem Auto - find ich jetzt auch morz gut - hab mir das mal richtig angeschaut. --- Wie schon erwähnt, wenn du nächstes Jahr auch da hoch fährst - würd ich mich gern mal mit dir dort irgendwo treffen.

Gruß Noby ☺

Gesendet: Samstag, 2. Oktober 2021, 16.45 Uhr

Hallo Noby
Schön von Dir zu hören. Das Segeln war absolut toll, wir haben rund 250 Seemeilen gemacht und sind von Insel zu Insel gesegelt (Gran Canaria, Fuerteventura, Lazarote). Ich habe viel gelernt und schon einiges begriffen. Seekrank bin ich nicht geworden. Das will wohl heissen, dass ich eine richtige Sealady werde. SMILE. Ich gehe bei uns am Hallwilersee nun fleissig in die Segelstunden um den Binnen-D-Schein zu machen. Hoffentlich schaffe ich den noch, bevor es so richtig kalt wird. Ziel wäre es, dass ich die Prüfung (ähnlich wie beim Auto) bis Ende Oktober schaffe.

Mit meinem Motorrad habe ich mit 3 Freundinnen eine coole Tour ins Wallis gemacht. Ich denke aktuell auch daran, das Motorrad winterfest zu machen. Da habe ich jetzt meine HD bei einem Kollegen, der mir für meinen Hund noch die Sitzgelegenheit baut. Ich glaube, ich habe dir erzählt, dass dies mit einem Fass gehen soll. Ich lege Dir ein Bild bei. Am letzten Samstag haben wir dann ausprobiert, ob Diana darin sitzt und, ob sie genügend Platz hat. Auch um sich zum Beispiel hinzulegen. Klappt wunderbar.

Ich bin überzeugt, dass Sie mit mir mitkommt, wenn ich sie nun langsam an dieses Thema heranführe. Sie ab und zu im Fass sitznehmen lasse, dann irgendwann mal den Motorstarte usw.

Es braucht ziemlich viel Uebung und viel Zeit. Doch ich bin mir sicher, dass wir das schon hinkriegen. Insbesondere soll sich der Hund dabei ja auch wohlfühlen. Und ich wäre froh, Sie als Begleiterin jeweils dabei zu haben. SMILE

Das mit dem Dachzelt werde ich mir nochmals überlegen. Aktuell hat mein Ford KUGA einen gröberen Hagelschaden abgekriegt. Da ja auch schon km 160'000 auf dem Tacho sind, weiss ich jetzt nicht so genau, ob ich das mit dem Dachzelt noch in den KUGA investieren will. Anderseits wäre schon das richtige Fahrzeug dafür. Tja, mal schauen.

Ja und gestern hat die Herbstjagd gestartet. Wir hatten unseren ersten Jagdtag. Diana und ich sind einfach ein Suuuuuper-Team. Sie hat mir den Bock wieder vor die Flinte gebracht, doch ich konnte nicht abdrücken, da ich nicht gewusst habe wo mein Hund ist. Zudem ging sowieso alles viel zu schnell und auf zu kurze Distanz.

Melde Dich, wenn Du Interessantes zu berichten hast. Zwischenzeitlich alles Gute, beste Gesundheit und Wohlergehen.

Daniela

Gesendet: Samstag, 2. Oktober 2021, 19.38 Uhr

Hallo Dani,
das mit dem Fass find ich **voll cool**! - Kannst das auch richtig (sicher) fest machen auf dem Moped? (- hoff wir machen doch nochmal irgendwann ne Tour zusammen --- "wir 3") 👍.

Denk auch - ist das Beste - wir schreiben uns abundzu mal und schaun dann einfach mal - nächstes Jahr, - wie sich das alles dann so entwickelt ...
Gruß Noby 🙂

Gesendet: Dienstag, 16. November, 10.10 Uhr

Hallo Noby
Wieder mal ein Lebenszeichen von mir. Ich hoffe, es geht Dir gut und Du bist gesund und munter. Die aktuelle Corona-Situation führt ja gegenwärtig wieder in unsichere Zeiten.

Ich bin froh, dass ich zwei Segeltörns (Kanaren und Mittelmeer) gemacht habe und dabei viel Erfahrung und Meilen sammeln konnte. Letzte Woche konnte ich dann auch den Binnen-Segel-Schein bei uns am Hallwilersee abschliessen. Es hatte grad knapp genügend Wind, damit die Prüfung abgenommen werden konnte. Jetzt brauche ich noch ein oder zwei Törns und dann kann ich die Anmeldung für den Hochseeschein abschicken. Bis im ersten/zweiten Quartal des nächsten Jahres möchte ich das erledigt haben.

...und die Reisepläne kommen näher und näher. Wie sieht es bei Dir aus für die zweite Jahreshälfte 2022? Immer noch der hohe Norden? Wird es Konkreter?

Beste Grüsse aus der vernebelten Schweiz.
Daniela

Gesendet: Dienstag, 16. November, 10.56 Uhr

Hallo Dani,
- freut mich das du dich wieder mal meldest!
Und - ja - toll, das das alles klappt mit deinen Segel-Scheinen.
Mit meinen Reiseplänen: Ich mach das auf jeden Fall, - wenn mir Corona oder sonst was keinen Strich durch die Rechnung macht, - auch alleine! Aber wenn ich alleine fahr - fahr ich über Schweden hoch - dann mit Schiff rüber nach Finnland und über Norwegen gemütlich zurück. Hatte mir vor 2 Wochen einen Hund ausgesucht (von einem Tierheim hier) - ein Husky - bin mit ihm auch ein paar mal spazieren gegangen. - Aber

137

passt nicht wirklich - ist mir doch ein bißchen zu aktiv und vor allem zu groß, - "Blue" war der Name - echt toller Hund ... Wenn ich wirklich alleine fahr möcht ich schon mindestens ein Hund dabei haben (bin wohl dann auf den Hund gekommen - "ist so ein Sprichwort") ...
Wie sieht es dir aus - willst du auch immer noch in den Norden - was hast du dann geplant - und wann?

Gruß Noby 😊

Gesendet: Donnerstag, 18. November, 12.19 Uhr

Hallo Noby
«Auf den Hund» bin ich schon lange gekommen. SMILE. Das sind einfach tolle Gefährten, wenn man es schafft die Verbindung herzustellen und als Rudelmitglied aufzunehmen. Es fällt einiges einfacher, wenn man einen Welpen so erzieht, wie man ihn dann auch haben will. Aber aufgepasst: «Die guten Manieren des Besitzers/Besitzerin zeigen sie im Verhalten auch anderen Leuten gegenüber auf.» SMILE. Es ist eine ganz intensive Zeit und grundsätzlich sind sie zu behandeln wie Kinder, mit klaren Regeln usw. Die Wahl der Rasse mit ihren Eigenheiten, sollte dabei auch berücksichtigt werden, denn vieles ist ja angewölft. Ein Husky ist ein super Beschützer, aber natürlich auch sehr lebendig und braucht viel Bewegung.

Meine Pläne für die zweite Jahreshälfte 2022 konkretisieren sich schon langsam. Als Fixtermin ist der 11.06.2022 gesetzt. Da feiern mein Mann und ich unseren 60. Geburtstag mit unserem Freundeskreis. Das haben wir schon mit 30, 40, 50 gemacht. Danach wollte ich für mein Reisefieber

138

Platz lassen und der Norden ist nach wie vor auf dem Programm. Lassen wir es noch etwas reifen. Ich würde mich sehr freuen, wenn wir eine gewisse Zeit zusammen unterwegs sein könnten. Kommt Zeit, kommt Rat. Und das mit der aktuellen und späteren Corona-Lage kommt ja auch noch dazu.

Ich wünsche Dir gute Pläne und freue mich immer wieder, von Dir zu hören.

Beste Grüsse Daniela

Gesendet: Donnerstag, 18. November, 15.18 Uhr

Hallo Dani,
- habt ihr auch am selben Tag Geburtstag (hast du da schon mal was erwähnt, - weiß grad nicht ...)? Ja, - genau so hab ich mir das auch gedacht, - das wir einfach eine gewisse Zeit im "convoy" zusammen fahren. - In dieser Zeit vielleicht die Bärenrunde (Karhunkierros, 82 km) im Nationalpark Oulanka machen oder auch im Lappland eine Hütte für 1 bis 2 Wochen mieten und von dort aus etwas unternehmen, - wie angeln, wandern, Nordicht bewundern (wenn das dann auch schon so weit ist, das man es sehen kann) ... - Kommt Zeit, kommt Rat - "genau" - so können wir das machen ....

Gruß Noby ☺

Gesendet: Montag, 21. Dezember 2021, 11.38 Uhr

Lieber Noby
Die Festtage nahen und heute wird noch einmal mit meiner Tochter «Geguezlet», dann riecht es im ganzen Haus fein. Die erste Ladung «Guezli» und

es waren 10 verschiedene Sorten in 5 Schachteln, haben wir zwischenzeitlich genüsslich verspiesen. Gut, ein paar Nachbarn haben auch noch etwas davon abbekommen. SMILE

So wünsche ich Dir genussvolle, frohe und besinnliche Festtagsstunden und einen guten Rutsch ins Neue Jahr. Möge uns «Corona» dann keinen Strich durch die «Reiserechnung» machen und uns friedlich dahin ziehen lassen, wo es uns hinzieht. Als Jahrendvorsatz steht auf meiner Liste weit oben, dass ich Dich endlich kennenlernen will. Ich muss eingestehen, dass das Reisefieber durchaus anhält und dass ich mich für die zweite Jahreshälfte von sämtlichen Terminen drücke, damit ich eine freie Agenda habe.

Wir hören bestimmt im neuen Jahr voneinander. Alles Gute, Zufriedenheit und Wohlergehen zum Jahreswechsel und viele Perspektiven und den Elan die Umsetzung im neuen Jahr anzupacken.

Beste Grüsse Daniela

PS: Mein Mann und ich haben nur den selben Jahrgang. Wir feiern jeweils in der Mitte unserer Geburtstage (er Januar, ich November), das ist dann der Juni.

Briefwechsel 2022

Gesendet: Sonntag, 30. Januar 2022, 10.05 Uhr

Hallo Dani,
hab meine Reisevorbereitungen ab Anfang dieses Jahr etwas intensiviert, : Hab schon eine Auslandkrankenversicherung ab Juli 22 abgeschlossen und bin in den AvD/ein Automobilclub, - der hilft bei Panne im Ausland und auch bei anderen Problemen. Dann Bärenspray, ein kl. Glöckchen beim Wandern und sogar eine Lautspray wo man die Bären - wenn sie mir zu nah kommen, - vertreiben kann! Wenn es wieder etwas wärmer wird, muß ich noch meine Solaranlage (für Strom) und das Sat-TV (wenn es mir mal langweilig wird im einsamen Norden) am Wohnwagen vorbereiten und installieren. Und auch sonstige Ausrüstung besorgt, - wie eine "richtige" Navigation für Skandinavien, kl. Kamera und ein Militär-Poncho zum Segel bauen (hab mir im Sommer ein fertiges Segel für Kajak gekauft --- funktioniert aber nicht - jetzt mach ich das so wie vorher auf dem Yukon-River - das funktioniert perfekt mit dem Poncho). Fehlen immer noch ein paar Sachen, aber ist ja noch Zeit ...

Meine Reisetermine stehen auch:
- Werd am 18.7. losfahren, aber nur so 150km bis Erfurt, dort jemand für 2 bis 3 Tage besuchen
- am 21.7. nach Schweden (bei Malmö)
- am 18.8. nach Finnland (bei Törmä)
- am 22.9. ans Nordkap
- und zurück.

Also - so ist mein ungefährer Plan, - kann sich aber alles kurzfristig ändern - bin da sehr flexibel ...

Wie sehen deine Pläne aus?

Gruß Noby

Gesendet: Montag, 7. Februar 2022, 10.01 Uhr

Hallo Noby
Tschuldigung, dass ich mich so spät melde. Ich war noch segeln und bin am Wochenende erst zurückgekommen. Jetzt habe ich dann bald meine Meilen zusammen und kann alles einschicken um den Hochseeschein zu beantragen.

Schön, dass Du schon konkret in der Planung bist. Gerne würde ich auf diese Nordland-Reise «aufspringen».

Nun ist es so, dass ich vom 12. Juli 2022 – 19. August 2022 eine Kanureise machen werde. Das ist eine «alte Globetrotter-Verbindung», welche spontan wieder aktiviert wurde. Vor zwei Jahren konnte man wegen Corona ja nicht. Die Gruppe, 4 Personen, ist schon zusammengekommen, die Flüge sind schon gebucht. Da habe ich zugesagt.

Betreffend Ausrüstung bin ich nun für eine längere Reise auch gut ausgerüstet. Unsere Familie hat sich so einen Camperbus angeschafft, wo man das Dach heben kann. Es ist somit garantiert, dass nicht nur die Kinder, sondern auch ich viel mit diesem Bus unterwegs sein werden.
Es stellt sich nun die Frage, ob wir uns irgendwo treffen können/werden und ob Deine/meine

142

Reisepläne irgendwo bzw. -wann deckungsgleich sind.

Trotzdem wäre es wirklich sinnvoll, wenn wir uns vorher noch kennen lernen würden. Das möchte ich für März/April unbedingt planen. Ich besuche Dich mal. Was meinst Du?

Beste Grüsse Daniela

Gesendet: Montag, 7. Februar 2022, 14.14 Uhr

Hallo Dani,
- du bist ja so ne richtig voll aktive Lady "Respekt" (wo macht ihr denn die Kanutour?) Euch Schweizer trifft man eigentlich schon fast überall auf der Welt - seid ein sehr reiselustiges Völkchen ...

Und ja gerne können wir uns im hohen Norden dann mal treffen und vielleicht auch was zusammen unternehmen, - Bärenrunde laufen oder eine Hütte am See irgendwo mieten. - Ist für eine Person nicht so wirklich interessant - denk ich mal ...

Gerne kannst du mich auch vorher besuchen kommen, - aber "ein" Weg sind schon so 600km, - wenn dann wieder zurück fährst - wärst du da auch schon in Skandinavien (in Malmö) oben. - Also - würd mich freuen, - aber extra zum kennenlernen so weit fahren? - Mach wie du denkst - (kann dir leider kein Gästezimmer anbieten - ist grad eine Baustelle und es hat sich bei mir im Haus alles etwas verändert) ...

Um die Zeit (nach deiner Kanutour) bin ich Richtung Helsinki (von Törmä) unterwegs (also Mitte August bis Mitte September in Finnland), - du kommst sicher von den baltischen Staaten nach Finnland, oder? --- Mal schaun ob wir uns dort "zeit und ordsmäßig" irgendwo treffen können ---.

Bin im Moment auch noch mit jemand anders in Kontakt - vielleicht ergibt sich da auch noch ein Treffen im Norden oben ... Und wenn alles nicht klappt mit der Trefferei - auch gut - ich werd sicher auch alleine ne schöne Zeit haben - wenn keine Panne, Unfall, Corona oder sonst was dazwischen kommt. - In diesem Sinne: Abwarten und Tee trinken ...

Viele Grüße aus Oberfranken

Noby

Gesendet: Montag, 7. Februar 2022, 14.14 Uhr

Betreff: Servus oder vielmehr Grüezi ...

Hallo Dani,
- du bist ja so ne richtig voll aktive Lady "Respekt" (wo macht ihr denn die Kanutour?) Euch Schweizer trifft man eigentlich schon fast überall auf der Welt - seid ein sehr reiselustiges Völkchen ...
Und ja gerne können wir uns im hohen Norden dann mal treffen und vielleicht auch was zusammen unternehmen, - Bärenrunde laufen oder eine Hütte am See irgendwo mieten. - Ist für eine Person nicht so wirklich interessant - denk ich mal ...

144

Gerne kannst du mich auch vorher besuchen kommen, - aber "ein" Weg sind schon so 600km, - wenn dann wieder zurück fährst - wärst du da auch schon in Skandinavien (in Malmö) oben. - Also - würd mich freuen, - aber extra zum kennenlernen so weit fahren? - Mach wie du denkst - (kann dir leider kein Gästezimmer anbieten - ist grad eine Baustelle und es hat sich bei mir im Haus alles etwas verändert) ...

Um die Zeit (nach deiner Kanutour) bin ich Richtung Helsinki (von Törmä) unterwegs (also Mitte August bis Mitte September in Finnland), - du kommst sicher von den baltischen Staaten nach Finnland, oder? --- Mal schaun ob wir uns dort "zeit und ordsmäßig" irgendwo treffen können ---.

Bin im Moment auch noch mit jemand anders in Kontakt - vielleicht ergibt sich da auch noch ein Treffen im Norden oben ... Und wenn alles nicht klappt mit der Trefferei - auch gut - ich werd sicher auch alleine ne schöne Zeit haben - wenn keine Panne, Unfall, Corona oder sonst was dazwischen kommt. - In diesem Sinne: Abwarten und Tee trinken ...

Viele Grüße aus Oberfranken

Noby 😊

Gesendet: Montag 14. Februar 2022, 10.01 Uhr

Ja dann ein kräftiges Grüezi Noby (SMILE) Am letzten Mittwoch habe ich meinen Ally 15 Tramp (Faltboot) wieder einmal aufgestellt. Das war ein richtiger «Krampf». Eine Runde haben wir dann auf dem Sempachersee gedreht um zu schauen, ob er wendig ist und genügend Platz hat um für 30 Tage Gepäck für zwei Leute mitzuführen. Leider kamen wir dann aber zum Schluss, dass 4,5 Meter Länge doch etwas kurz sind und das geeignete Boot 5 Meter haben müsste. Egal, man kann ja Boote kaufen/mieten/verkaufen usw.

Also im Sommer geht es, wie Du es ja bereits kennst, in den Yukon. Ich hatte vor 2 Jahren bereits Kontakt (auch über Globetrotter) zu jemandem, der dort eine längere Kanutour machen will. Infolge Corona wurde das abgesagt und nun wieder aktiviert. Wir sind zwei Kanus, 4 Leute, die Flüge sind bereits gebucht, nach Whitewater am 12. Juli 2022 (ab Frankfurt) und zurück am 19. August 2022 (von Fairbanks). Da Fredy, seine Frau und Beat, ein Freund alle aus Bern kommen haben wir uns bereits persönlich kennen gelernt. Fredy kennt sich mit Kanutrips bestens aus und ist der Organisator. Vielleicht kannst Du mir noch ein paar Tipps und Tricks verraten, wie man 30 Tage im Yukon zurecht kommt?

Die Reise in den Hohen Norden interessiert mich aber schon sehr. Weisst Du wie lange man sich, infolge Wetter, Kälteeinbruch usw. dort überhaupt aufhalten kann/soll? Es wäre wirklich toll, wenn wir zusammen eine gewisse Zeit verbringen könnten. Ich bin der gleichen Meinung wie Du, dass es alleine einfach nur die Hälfte Spass mass. Geteilte Freude ist dann halt doppelte Freude. Ich freue mich sehr, wenn wir in Kontakt bleiben und das Kennenlernen ist bei mir wirklich auf dem Radar. Auch 600 km sind ja keine «Welten», wenn man sich etwas Zeit nimmt. Mit dem Uebernachten wäre das kein Problem, da ich einen Camperbus dabei haben könnte und dann im Bus schlafen

146

kann. Was meinst Du, wollen wir das auf Ende März/April mal vorsehen? Vielleicht hast Du noch ein paar Tips, was es in Deiner Nähe Besonderes zum Besuchen gibt.

Beste Grüsse Noby.
Daniela

Gesendet: Montag, 14. Februar 2022, 13.40 Uhr

Hallo Dani,
dann startet ihr auch in Whitehorse, - oder? - und wo geht ihr wieder raus - wo ist die Tour zu Ende? Find ich SUPER !!! - Die Tour am Yukon-River war mein bester und schönster Trip in meinem Leben ...
Meine Tips: Als ich die 3 Monate allein am Yukon unterwegs war hab ich meißtens auf den vielen Inseln im Yukonriver übernachtet und immer ein Feuer vor dem Zelt gehabt, so das ich in meinen Träumen nicht plötzlich von einem Bär im Zelt gestört wurde ... Oder ein mal, da hab ich Nachts im Zelt etwas größeres durch den Fluß schwimmen gehört und ganz in der Nähe von meinem Zelt kam es heraus (Feuer war auch schon fast keins mehr), mein Adrenalinspiegel war plötzlich ziemlich hoch, traute mich nicht den Reisverschluß auf zu machen, später als wieder Ruhe war, ging ich raus --- war kein Bär - war nur ein Elch!
Die Leute da sind sehr nett und hilfsbereit, - außer ein mal, als ich in Beaver - einem Dorf am Fluß meinen Proviant auffüllen wollte, da wollte mich mal einer abknallen - aber alles gut ausgegangen (war so ein Spinner).
Dann hab ich immer noch mein Kanu "bei St. Marys" (ist aber am Ende vom Fluß, wo er fast ins

Meer geht) da im Wald versteckt, bestimmt kaputt jetzt - da wäre genug Platz gewesen - auch für euer Gepäck, - war ein großes Kanu!

Hab auch ein Segel gebaut, was sehr gut funktioniert hat (mit einem Militär-Poncho), eine ensprechende Holz-Stange ganz vorne im Kanu festgemacht, den Poncho so mit kräftigen Schnüren daran festgemacht - das man segeln konnte - und ab die Post - muß man dann einfach ausprobieren. Hat sehr viel Spaß gemacht das - segeln und bei dem stätigen Wind ist das Kanu als wie ein Schnellboot über den Yukon. Für Skandinavien hab' ich mir so ein rundes Kajaksegel (in eBay) gekauft und ausprobiert - "das geht gar nicht", - hab jetzt wieder ein Poncho, da weiß ich - mit dem klappt das!

Ja, - mit den richtigen Leuten wird das bestimmt ein tolles Abenteuer.

Viel Glück und passt auf euch auf - da kommt kein Krankenwagen, wenn was passiert und die Siedlungen sind als recht weit auseinander - weiß jetzt gar nicht ob es da Handyempfang gibt ...

Wenn du kommen willst - sehr gerne - sag mir vorher bitte noch Bescheid - wann du, - oder ihr kommen wollt.

Gruß aus Oberfranken
Noby

Gesendet: Montag, 14. Februar 2022, 22.52 Uhr

Hallo Noby
Das tönt ganz begeistert von Dir und man merkt sofort, dass der Yukon gute, bleibende Erinnerungen bei Dir hinterlassen hat. Ich hoffe,

148

das passiert mir auch. Danke für den Tipp mit dem Segel, das werde ich auf alle Fälle ausprobieren, sind es doch rund 1200 km, die zu paddeln sind. Hoffentlich nicht alles Gegenwind bzw. ich habe ja nun gelernt, dass man in einem bestimmten Winkel auch fast gegen den Wind segeln kann. SMILE. Einen Poncho werde ich auf alle Fälle dabei haben und mir ein «Noby-Sail» basteln.

Wir gehen nach Whitehorse noch den Dempster Highway hinauf bis nach Eagle Plains. Eine ganz schöne Strecke. Dort wassern wir und fahren rund 170 km den Eagle River hinunter bis zum Bell River, auf dem Bell sind wird nur rund 60 km und wechseln dann zum Proquepine River, den wir rund 630 km befahren. Dieser mündet in den Yukon River, den wir rund 350 km befahren werden, bis wir nach Yukon Crossing kommen. Das ist dann rund 150 km nördlich von Fairbanks. Anscheinend führt die einzige Brücke in Alaska in

149

Yukon Crossing über den Yukon River. Vielleicht deshalb der Name. Ich frage mich die ganze Zeit, ob wir dann auch die richtigen Abzweiger nehmen und die richtigen Flüsse befahren. SMILE. Tatsächlich ist kein Handyempfang verfügbar.

Ich habe heute noch mit meiner Tochter gesprochen. Sie ist ja Lehrerin und hat ab nächster Woche Ferien. Da wollte Sie unbedingt noch etwas mit mir unternehmen. Vielleicht würde ganz anfangs März eine Fahrt nach Helmbrechts drinliegen? In Oberfranken gibt es auch einiges anzuschauen, wie ich im Internet sehe und vielleicht kann ich dann die Frage beantworten, wieso man von fränkischer Schweiz spricht. Danke für die Einladung. Ich würde Dich natürlich früh genug informieren.

Nun wünsche ich Dir gute Nachtruhe, ich lese noch ein bisschen vom Yukon, den Goldgräbern, den Bären, Moskitos usw.

Beste Grüsse Daniela

Gesendet: Montag, 14. Februar 2022, 23.31 Uhr

Hallo nochmal kurz ...
bei Yukon Crossing war ich an meinem Geburtstag, hab da mein Zelt bei der Brücke / am Fluß für ein paar Tage aufgestellt und es mir gut gehen lassen. - Da ist auch ein Restaurant mit einfachem Essen, - aber lecker - vor allem wenn man so lange auf dem Fluß war ....
Wie kommt ihr von da dann weiter nach Fairbanks?
Tschau 😊

150

Gesendet: Sonntag, 27. Februar 2022, 17.24 Uhr

Hallo Noby,
Gerade eben ist meine Tochter mit dem Camperbus wieder glücklich nach Hause gekommen. Sie war mit ihrem Freund für ein paar Tage in Venedig und Verona.
Also, wenn das Angebot noch steht, dann besuchen wir Dich Morgen Montag. Wir fahren vormittags los und sollten dann irgendwann in Helmbrechts sein. Was wäre eine gute Zeit für Dich? Wir unterhalten uns ein/zwei Stunden bzw. so lange wie uns 'was zu sagen haben und wir können dann entweder wieder weiter oder bleiben auf Deinem Hausplatz über Nacht. Mit dem Camperbus sind wir ja sehr flexibel. Ich hoffe, das passt so für Dich.
Wie ich bei den Sehenswürdigkeiten sehe, können wir uns ja dann noch Bamberg, Coburg usw. anschauen. Vielleicht hast Du uns auch noch einen Tipp.
Ich freue mich auf Deine Rückmeldung..... zum Yukon haben wir uns bestimmt auch noch etwas zu erzählen. SMILE.

Beste Grüsse
Daniela

Gesendet: Sonntag 27. Februar 2022, 20.24 Uhr

Hallo Dani,
- alles klar -, dann erwarte ich euch morgen Nachmittag. Werd was zum Essen vorbereiten, - wir unterhalten uns und machen uns einen schönen gemeinsamen Abend. Gern könnt ihr bei

151

uns vor dem Haus - über Nacht stehen bleiben. Seit bestimmt dann - wenn ihr hier ankommt - müde von der langen Fahrt ...

Habt ihr eine Heizung im Camperbus? - Wenn nicht ich hab ein elektrische Heizung zum reinstellen, - oder ihr könnt auch gern in meinem Wohnwagen übernachten - da ist Gasheizung drin (die Gasflaschen möcht ich vor meiner Reise sowieso noch gern leer bekommen und mit 2 vollen Flasche dann starten).

Freu mich schon dich mal persönlich kennen zu lernen - bis dann ...

Viele Grüße aus Oberfranken Noby ☺

Gesendet: Sonntag, 27. Februar 2022, 23.12 Uhr

Betreff: Danke für die Einladung

Hallo Noby

Danke für das Angebot. Wir fahren so um neun Uhr los und nehmen's gemütlich. Dann sollten wir am späteren Nachmittag eintreffen. Wir haben Heizung im Bus und gute Schlafsäcke. Ich freue mich auch sehr, Dich und Deine Kochkünste kennen zu lernen. Super.

Bis Morgen

Daniela

WhatsApp von Daniela an Noby
Gesendet: Montag, 28. Februar 2022, 15.42 Uhr

Hallo Noby. Sind jetzt in Nürnberg. Treffen so um 17.00 Uhr ein.

WhatsApp von Daniela an Noby
Gesendet: Dienstag, 1. März 2022, 10.54 Uhr

Grüsse vom Fichtelsee. Einmal rundherum gelaufen. Verschneit ca. 80 cm Schnee, schöne Wanderwege. Vielen vielen Dank für den netten Empfang und die leckere Verköstigung

Gesendet: Mittwoch, 2. März 2022, 9.12 Uhr

Hallo Dani,
und seid ihr schon zu Hause - alles gut gelaufen? Würd mich mal interessieren - was ihr mit eurem MB - zu mir hoch an Sprit verbraucht habt -. ist ja (trotz Diesel) zur Zeit nicht grad billig ? ...

Schick euch viele Grüße aus Oberfranken hinterher 😊 ... Noby ...

153

Hallo Noby

Wir sind gestern Abend gut wieder Zuhause angekommen. Nach dem Fichtelsee haben wir noch einen Abstecher nach München gemacht. Leoni wollte mal München sehen, da Ihr Freund so ein FC München Fan ist und schon ein paarmal da war. Da ist mir in den Sinn gekommen, dass ich ja beim letzten Wurf einen Welpen dorthin verkauft habe. Spontan habe ich angefragt, ob wir uns für ein Stündchen treffen könnten. Das hat dann auch geklappt. Herzlicher Empfang, gemeinsamer Spaziergang mit den Hunden und toll zu sehen, wie sich der «Junge» entwickelt hat. Er wird zum Rettungshund ausgebildet. Die guten Tipps zur Besichtigung von München (Surfer im Eisbach, Hofbräuhaus von aussen, Marienplatz und Frauenkirche, Rathaus und das Nürnberger Bratwurststübl) und den zentralen Parkplatz an der Prinzregentenstrasse 1 haben wir alles flott gefunden.

Nun aber zum durchschnittlichen Dieselverbrauch. Ich habe zweimal getankt (Tank ist 70 Liter gross. Einmal 55 und einmal 62 Liter getankt). Der durchschnittliche Dieselverbrauch liegt bei unter 10 Liter pro 100 km. Die Bordsteuerung gibt 8.7 Liter im Durchschnitt an. Zudem haben wir nachts ja noch die Heizung laufen lassen, was über Diesel betrieben wird. Das zieht aber ganz wenig Benzin und ist relativ leise. Es hat Spass gemacht mit dem Camperbus unterwegs zu sein. Die nächtlichen Aussentemperaturen waren ja bei Minus 6 Grad und tagsüber wurde es auch kaum wärmer wie 6

Grad plus. Es war aber purer Sonnenschein und kaum Wind, so ist die gefühlte Temperatur wärmer.

Nochmals herzlichen Dank für die tolle Aufnahme und Bewirtung. War gaaaaanz toll Dich kennen zu lernen. Liebe Grüsse auch an Adrian.
Bleiben wir unbedingt weiter in Kontakt.
Daniela

Gesendet: Mittwoch, 30.03.2022, 10.33 Uhr

Hallo Dani,
und wie weit seid ihr mit eurem Yukon-Trip? - Fest am planen, - oder steht alles schon ... Wie macht ihr das mit den Kanus und wie kommt ihr dann von der "E. L. Patton Yukon River Bridge" am Ende der Tour wieder nach Fairbanks zurück?

Ich hab mir letzte Woche eine Ladehilfe für das Kanu auf meinen vorderen Gepäckträger von meinem MB montiert - ist einfach ne Stange - wo man rausziehen kann und so das Kanu "alleine" (ganz easy) auf und abladen kann. Als nächstes werd ich den WoWa noch mal kontrollieren ob der auch überall ganz dicht ist und pflegen - also waschen und versiegeln.
Dann triff ich mich noch mit einer anderen Frau im hohen Norden: Die hat grad ihre Wohnung aufgegeben und möcht die nächsten Jahre im WoMo leben (aber hauptsächlich in Spanien unten). - Ist dann von Juli - bis sie keine Lust mehr hat - auch in Skandinavien unterwegs. Am Anfang bis Mitte August mit einer Freundin (auch im eigenen WoMo), - danach will sie sich bei mir anschließen. --- Wird ein toller Camper-Convoy, -

"vielleicht" --- aber zu viel will ich eigentlich nicht so wirklich ("und dann noch alles Frauen") - sollte schon eine schöne Reise werden ... - machen das dann ganz einfach so - wie es jedem grad am besten gefällt ...

Diese Frau heißt Doris - hat mir ein App empfolen "polarsteps", wo ich mich angemeldet hab. Da ist ein Tracker dabei (wo man ein oder aus schalten kann), - und Leute die man da in dieser App akzeptiert - können genau sehen wo du grad bist - man kann da auch Bilder und Texte einfügen. Schick dir den Link auf Whatsapp - kannst das ja mal installieren - wenn du nach deinem Yukon-Trip noch Lust auf Skandinavien hast (siehst da genau den aktuellen Stand "und Standort" meiner Reise ...)

Gruß Noby

Gesendet: Freitag, 1. April 2022, 10.43 Uhr

Hallo Noby

Jaja, die Planung für den Yukon Trip ist voll am Laufen. Wir haben uns letzte Woche getroffen und Material-Check gemacht. Mein Zelt und ein Tarp sind ok, Schlafsack, Matte usw. sowieso. Wir treffen uns nun Mitte April für einen Kanutrip auf der Aare um etwas Uebung zu bekommen und eine Woche vor dem Abflug sowieso nochmals, damit wir sämtliches Gepäck aufteilen können. Und mit der Kleidung muss sich ja auch jeder überlegen, was er mitnimmt bzw. was ungeeignet ist. Zudem haben wir noch Kartenmaterial ausgetauscht.

Du siehst das richtig. Irgendwie müssen wir ja dann von «E.L. Patton Yukon River Bridge» zurück

156

nach Fairbanks. Das ist noch nicht geklärt. Wir arbeiten dran.

Die Kanu-Ladehilfe finde ich ja super. Bitte schick' mir doch ein Bild, damit ich sehe, was Du genau meinst. Es scheint wirklich eine echte Hilfe zu sein.

Danke für die Einladung zu «Polarsteps». Du wirst ja mehrheitlich Internetempfang haben, somit sollte das wirklich toll funktionieren. Ich bin gespannt, mehr zu erfahren. Ich habe auch gleich die «Yukon Kanutour» angelegt. Mal schauen, wie das dann funktionieren soll, wenn kein Internet da ist.
Das ist bestimmt ganz toll, wenn Du im Konvoi unterwegs bist. Du sagst das richtig, es kann ja jeder seinen Weg gehen, wenn's nicht passt. Und wenn's eben passt ist das eine gute Zeit und Möglichkeit. Mach' Dir bloss keine Gedanken, wenn das nun alles Frauen sind, «die auf Deiner Fährte wandern». Ich würde mich wirklich sehr freuen, wenn ich da auch noch «aufspringen» kann, wenn ich wieder zurück bin. Ich bin Dir sehr dankbar, dass Du mich zu etwas eher Ungewöhnlichem motiviert hast. Man sollte das wirklich einfach öfters machen und ein bisschen auf dem Schema ausbrechen. Schliesslich lebt man wirklich nur einmal.
Noby, ich freue mich immer, von Dir zu hören. Toll, dass Du Deine Pläne vorantreibst. Mir wird ein bisschen mulmig, wenn ich daran denke, dass über dem nördlichen Polarkreis viele Mücken sein könnten. Schon eine Mücke nachts im Schlafzimmer kostet mich Nerven und wenn die mich im hohen Norden dann gar noch alle fressen wollen......da scheint ein einzelner Bär geradewegs

harmlos zu sein. Ich freue mich aber riesig auf die Angelmöglichkeiten. Obwohl ich mir Gedanken mache, ob ich da oben Regenwürmer finde...meine Wurmfarm im Keller kann ich auf alle Fälle nicht auch noch mitnehmen.

Beste Grüsse, schönes Wochenende und in grosser Vorfreude auf unsere Abenteuer.

Daniela

Gesendet: Samstag, 2. April 2022, 9.42 Uhr

Hallo Dani,
erst mal ein youtube/Video von der Ladehilfe - das funktioniert damit ziemlich einfach - habs ausprobiert!

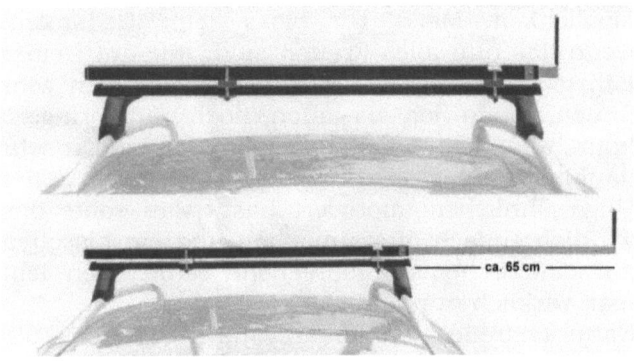

Dann nochmal - wegen eurem Ende der Kanutour an der "E.L. Patton Yukon River Bridge", --- bin sehr interessiert - wie ihr das Problem mit der Rückfahrt löst, - ich hab mir auch überlegt dort meine Tour damals zu beenden - aber keine Möglichkeit gefunden (auch mit dem Kanu) ...

158

Und mit dem "Polarsteps" - hab nochmal bei dir dort angefragt (da du ja was angelegt hast), - ob ich deine Reise dann verfolgen darf! - Wird ja (wenn die Reise los geht) immer mit GPS aufgezeichnet, - aber am Yukon gibt es - wie du schon erwähnt hast - sicher wenig Internet zum als aktualisieren.

Noch Petri Heil für euer fishing dort, - da findet man schon passende Köder für die Angel - hab da auch was gefangen ...
Jaaa - mit den Mücken ist es am Fluß schon recht schlimm, aber man gewöhnt sich nach einiger Zeit daran, - immer Feuer am Lagerplatz und ein gutes Mückenmittelchen - dann gehts - hab da Autan verwendet.
Wir bleiben in Kontakt ....
Gruß von Noby

Gesendet: Samstag, 30. April 2022, 13.20 Uhr

Hallo Noby
Wie schnell die Zeit vergeht... Ich habe zwischenzeitlich zwei Kanutrips gemacht, damit sich meine Muskeln etwas ans Paddeln gewöhnen. Einmal rund um den Sempachersee mit meiner Tochter und den beiden Hunden. Das waren rund 19 km in 6 Stunden. Es war ein toller, wolkenloser Tag.

Das andere Mal war unser «Yukon-Quartett» auf der Aare unterwegs. Einerseits um sich aneinander zu gewöhnen, anderseits um zu schauen, ob das mit den weniger geübten Kanuten auch passt. Und es hat gepasst. Wir haben dann die letzten organisatorischen Details noch abgesprochen und als nächstes werden wir uns am 4. Juli 2022 zum Packen treffen und dann geht es am 12. Juli los.

Mir fällt auf, dass ich mittlerweile immer wissen will, wie kalt es draussen ist. Ich hoffe wirklich, dass es da oben nicht allzu kalt ist. Man kann die Durchschnittstemperaturen ausfindig machen. Gefühlte Wärme oder Kälte ist dann einfach immer wieder anders, insbesondere wenn dann noch Wind oder Feuchtigkeit mitspielt. Wie hast Du das eigentlich seinerzeit gemacht? Erinnerst Du dich an «Schlechtwetter-Tage» oder was waren die grössten Probleme? (Vielleicht ist es aber auch wie bei einer Geburt. Man vergisst die Schmerzen und denkt nur an das kleine Geschöpf, auf das man gewartet hat)

Mit der Rückreise von ab Yukon Brücke haben wir noch keine definitive Lösung. Fredy meint es fahre da ein Bus zurück. Im Internet habe ich gesehen, dass der nur 2 x wöchentlich geht. Scheint mir eine eher unsichere Sache mit dem Bus. Eine weitere Option wäre eine Rückreise per Taxi ab Fairbanks. Da hätte ich eine Adresse. Ich muss da wohl mal anfragen. Und die dritte Option wäre, sich vor Ort jemanden zu suchen. Es soll da ja mittlerweile viele Motorboote haben, d.h. Leute die nach Fairbanks zum Einkaufen gehen, d.h. per Motorboot kommen und ihre Trucks da haben. Wir arbeiten an der Lösung.

Wie ist der Stand bei Deinen Reisevorbereitungen?

Beste Grüsse
Daniela

160

Gesendet: Samstag, 30. April 2022, 15.10 Uhr

Hallo Dani,
- freut mich von dir zu hören -
Ja auf den Seen ist schon etwas anstrengend zu paddeln, - besonders bei falschem Wind. Im Fluss kann man es sich dann auch mal gemütlich machen, hinlegen und die Beine ausstrecken - die Reise genießen, - man kommt trotzdem vorwärts (wegen der Strömung)!

Dann mit dem Wetter - wenn ihr da die passende Kleidung dabei habt - also ne gute Jacke und ein Pullover, dann passt das schon! Und mit Schlechtwettertage: In Kanada und USA - da ist es etwas anders wie bei uns - alles ist weiter und größer - ein Unwetter seht ihr meißtens schon 4 bis 5 Stunden vorher und könnt es sogar (auch auf dem Fluß) umgehen - wenn ihr ne Pause einlegt, oder einfach mal schneller paddelt ... Sind aber (als ich unterwegs war) immer nur kurze kleine Schauer! - Mach dir da keine Gedanken ... Die Mücken sind das größere Problem!

Mit der Rückreise von Yukon Brücke - würd mich sehr interessieren wie ihr das Problem löst. Ich hab da keine Lösung gefunden (mit Kanu) - da war auch keine Siedlung oder so in der Nähe - nur das Restaurant bei der Brücke ...
Meine Reisevorbereitungen sind fast fertig, - am Dienstag laß ich noch Ölwechsel - und eine Reperatur an der Lenkung an meinem MB machen. Dann noch Sat-TV verbauen (für die Regentage) und noch ein paar Vorbereitungen am Wohnwagen, wegen der Solaranlage - damit ich autark (an tollen Plätzen dort stehen bleiben kann)

161

- und (bei Sonnenschein) Strom habe. --- Dann bin ich auch reisefertig ! ---

Dann wünsch ich euch eine erlebnissreiche und schöne Reise - passt auf euch auf - nehmt Bärenspray mit ... Viel Spaß in der Natur "pur" ... Fals wir nichts mehr von einander hören ... (-bin jetzt schon gespannt auf deine Berichte und Bilder-danach-)
Beste Grüße von Noby

Gesendet: Sonntag, 29. Mai 2022, 13.34 Uhr

Hallo Noby
Bist Du schon beim Packen? Alles klargemacht und Reiseroute geplant? Wann startest Du?
Wie schnell die Zeit doch vergeht. Zwischenzeitlich war ich noch auf einem Segeltörn in Griechenland und aktuell bin ich recht viel auf der Jagd oder beim Angeln. Einmal war ich mit dem Kanu noch mit meiner Tochter auf dem Sempachersee unterwegs. Mit beiden Hunden einmal rund um den See. Das hat die Arme ein bisschen gestärkt...waren es doch rund 19 km. Hat super Spass gemacht.

Ich freue mich von Dir zu hören und hoffe, dass Du wohlauf bist und voller Erwartungen in die Reise, die ja bald kommen wird.

Beste Grüsse
Daniela

162

Hallo Dani,
Respekt, - du bist wirklich eine sehr aktive Frau - was du alles machst ...
Den Lake Laberge (50km) wollt ihr glaub auch durchfahren, oder? - Der war das Anstrengenste auf meiner Tour damals (oft hohe Wellen und Gegenwind), - aber ihr seit ja zu Zweit!

Ich hab meinen Pakplatz fertig gebaut. Hab da vorher im Internet "nochmal" nachgeschaut - da bräuchte man eine Baugenehmigung (hab ihn vorher für mehrerer Fahrzeuge bauen wollen)! --- Nun Kompromiss gemacht und nur einen Parkplatz gemacht, - da wo ich schon angefangen hab einen zusätzlichen Teich gemacht. - Hasse das echt, jemand zu fragen - wenn ich "auf meinem eigenen Grundstück" was veränden will - und eine Erlabniss brauch! Das nächste ist der Wintergarten, da brauch man auch eine Baugenehmigung, mal schaun wie ich das mach (am besten ich verkauf alles und geh in ein Land wo diese sinnlosen Regeln nicht sind)!

Fahr nun eine Woche später los - wegen Ferien von meiner "Ex" und meinem Sohn (passt dann besser), - also am Montag, den 25. Juli, fahr dann erst mal für 3 Tage nach Erfurt (D), - dann am 28. Juli geht mein Skandinavientrip in Malmö los ...
Hab auch schon (vor ein paar Tagen) eine Hütte (mit wlan) - für eine Woche im Lappland am Inarijärvi-See reserviert (vom 19. bis 26. September), - da fischen, hoffentlich Nordlicht sehn, wandern, saunen und relaxen ...

163

Meine Reiseroute: Malmö (an der Küste von Schweden hoch), Tornio, Helsinki, Joensuu, Inari, Nordkap und über Norwegen gemütlich zurück. Am packen bin ich noch nicht - hab alles im Keller zusammen - pack dann Mitte Juli erst! - Muß vorher noch TÜF und Gasprüfung am Wohnwagen machen lassen ...

Wie habt ihr das Problem bei der Brücke gelöst?
Gruß Noby

Gesendet: Montag 30. Mai 2022, 11.11 Uhr

Hallo Noby
Das sieht aber toll aus. Du bist ein wirklich sehr gut praktisch veranlagter Mensch. Du scheinst ja alles zu können, was handwerklich erforderlich ist. Toll, da habe ich zwar nicht gerade zwei linke Hände, aber einfach nicht das Verständnis dafür, dass es dann nachher auch funktioniert. Ja, das mit den Baubewilligungen nervt. Das ist bei uns auch so. Doch auf dem Bauamt sind die Leute sehr nett und hilfsbereit...es ist einfach der administrative Kram, der immer mehr wird und nervt. Ich bin überzeugt, dass das mit dem Wintergarten klappt. Du musst wohl eine Zeichnung vom Grundriss vorlegen, mit den genauen Massen, dann sollte es schon klappen.

Das finde ich gut, dass Du auf die Ferien Deiner Frau Rücksicht nimmst und später losfährst. Vielleicht unternehmt ihr ja zusammen noch etwas oder mit Eurem Sohn.

Uebrigens: Aktuell ist mein Sohn in Schweden am Angeln. Er schickt wunderbare Fotos von seinen

164

Hechtfängen, den Sonnenuntergängen und der tollen Landschaften. Das soll Dich (wie mich) etwas aufmuntern, dass der hohe Norden viel zu bieten hat.

Den Lake Laberge werden wir nicht durchqueren, Eagle Plains ist rund 600 km nördlicher. Ich frage mich doch ab und zu, ob wir uns da mit dem nördlichen Polarkreis nicht etwas «übertun». Wir sind aber zu viert und ich denke, wir können uns gut auf einander verlassen. Ich werde auf alle Fälle versuchen ein Tagebuch zu führen. Da hat mir bei unserem Besuch bei Dir sehr imponiert, wie Du das seinerzeit gemacht hast und dann die schöne Handschrift. Das ist wirklich etwas ganz Besonderes, seine Eindrücke so festzuhalten. Vielleicht machst Du das auch wieder?

Ich bin ja dann am 19. August wieder zurück und werde mich dann entscheiden, ob ich auch noch in den Norden zu Dir komme. Das mit der Hütte in Lappland finde ich super.

Beste Grüsse und guten Wochenstart.
Daniela

Gesendet: Freitag, 19. August 2022, 10.27 Uhr

Hallo Dani,
wie war dein Kanutrip, - man sieht nix auf deinem Polarsteps - nur was du dort geplant hast ...

Ich bin leider schon wieder zu Hause - ein Todesfall in der Familie - der Vater meiner (ex?) Frau - in den Philippinen. -

Werde aber 2026 wieder an den Inari Lake (in Lappland) gehen und meine Tour von dort fortsetzen! Hatte mich da schon für eine Woche am See eingerichtet - ist echt "richtig schön dort" ... Weiß aber im Moment noch nicht, ob ich nochmal mit dem Wohnwagen da hoch fahr, vielleicht mit meinem Motorrad, oder an den Inari Lake hoch fliege - ein Auto (oder Motorrad) dort miete und abundzu - an schönen Orten ein Kanu für ein paar Tage .... --- ist also schon ein rechtes Stück da hoch in den Norden! --- In der Nähe von Inari ist ein kl. Flughafen - wollte erst den Wohnwagen, Auto und Kanu am Flughafen dort stehen lassen und später wieder zurück fliegen. Aber war nicht so einfach - kurzfristig das alles zu organisieren ...

Meld dich mal - wenn du wieder zu Hause angekommen bist ....

Gruß Noby

Gesendet: Montag, 29. August 2022, 17.38 Uhr

Hallo Noby

Das ist schön, dass Du Dich bei mir meldest und nachfragst wie unsere Kanutour war. Ich bin seit 19. August wieder zurück und wurde mit einem tollen «welcome home MAMA» empfangen. Unsere Flussreise ist ein unbeschreibliches Abenteuer gewesen mit tollen Tierbeobachtungen, ein Abenteuer mit nachhaltiger Wirkung. Eigentlich bin ich noch gar nicht so richtig Zuhause angekommen. Sicherlich hat es auch damit zu tun, dass ich in mein Buchprojekt über diese Reise

166

vertieft bin. Kein literarisch hochstehendes Werk, einfach ein Einblick in das Erlebte mit ein paar Fotos und unterlegt mit dem Tagebuch, das ich geführt habe. Das ist auch der Grund, wieso ich mich noch nicht bei Dir gemeldet habe.

Das tut mir sehr leid, dass Du Deine langersehnte Reise abbrechen musstest. Doch finde ich es gut, dass Du Deine Frau mit dem Todesfall Ihres Vaters begleitet hast.

Bist Du gewandert? Warst Du auf dem Bärentrail? Was hast Du erlebt? Ich freue mich auf Deine Beschreibungen.

Gerne werde ich Dir dann ein Buch von mir zukommen lassen. Beiliegend findest Du mal das «Cover», welches ich vorbereitet habe. Inhalt kommt später.

Beste Grüsse
Daniela

Gesendet: Dienstag, 30. August 2022, 12.58 Uhr

Hallo Dani,
schön von dir zu hören - bin echt gespannt auf dein Buch - oder Reisebericht (da gibt es aber schon einige Andere zum Kaufen) ...
Ja, - mich haben diese Reisen am Yukon-River auch sehr bewegt und auch in meinen Ansichten zum Teil verändert - ein unvergessenes Erlebniss - die Natur so nah zu erleben ...
Mein Trip in Skandinavien war - na ja - sicher weniger interessant! Bin öfters von der Hauptstraße abgefahren und hab mir die Gegend

167

angeschaut und als es (nach 17 Tagen) im Lappland angefangen hat - interessant zu werden - hab ich meine Tour abgebrochen. Werd aber "2026" nochmal an den Inari-See fahren und meine Reise von dort fort setzen - weiß nur noch nicht wie ich das 2. mal da hoch fahren - mit Motorrad, oder wieder mit Wohnwagen - oder vielleicht sogar auch fliegen und ein Auto mieten ... Kannst gern mal ein paar Bilder von meiner Reise anschaun, - wenn magst: https://XXXXXXc.web.de/XXXXXXXX

Was hast du jetzt vor, - denke mal - deine Alaskareise reicht dir für dieses Jahr ....

Ich hab "jetzt" auch noch ein anderes Ziel im Auge: Ich denke daran auszuwandern - die haben hier in Deutschland echt ein Rad ab - mit den Steuern - bis 2040 soll die Rente voll versteuert werden - mach ich nicht mit! Meine zwei Favoriten sind Portugal oder Bulgarien! - Werd nächstes Jahr voraussichtlich mit meinem Wohnwagen für 6 Wochen (oder so) nach Portugal fahren und das Land und die Leute dort richtig kennen lernen und vielleicht auch gleich ein paar Immobilien anschauen (wollte da sowieso 2025 hin und ein Teil vom Jakobsweg "in Portugal" wandern).

Würd mich freuen, wenn wir in Kontakt bleiben - und wer weiß - ob wir wirklich mal zusammen irgendwo hin reisen werden - oder ich besuch dich (wenn es dann grad passt) mal in der Schweiz und wie machen eine kl. Motorradtour oder du zeigst mir mal deinen Hausberg ...

Viele Grüße von Noby

Hallo Noby
Danke für den Einblick in Deine Skandinavien-Reise. Ja ich kann mir gut vorstellen, dass es in Lappland dann anfing richtig interessant zu werden und Du leider deine Tour abbrechen musstest. Es ist ja ein weiter Weg bis da oben hin.

Auswanderung: Zufälligerweise hat ein Nachbar von uns in Portugal ein Haus gekauft. Ich glaube es kostete um die Euro 200'000.—Die beiden wollen nächstes Jahr im Frühling auch auswandern, da sie in Pension gehen. Momentan ist Portugal das Auswanderungsland in Europa. Sprichst Du denn portugiesisch? Ich empfehle immer zuerst mal für ein halbes Jahr oder für ein ganzes Jahr ein Haus oder eine Wohnung in Portugal zu mieten. Der Kaufentscheid kann dann in dieser Zeit reifen und genügend Objekte können besichtigt werden. Erst dann kaufen. Es wird in Portugal noch schwieriger sein eine Immobilie zu verkaufen wie in Deutschland. Insbesondere, wenn man einen vernünftigen Preis dafür erzielen will und man die Landessprache zu wenig spricht.

Och, Reisepläne habe ich immer doch es bleibt einfach zu wenig Zeit dafür. Ich habe kürzlich grad meine Agenda studiert und gesehen, dass ich anfangs Oktober noch so ein Zeitfenster für gewisse Aktivitäten hätte. Ich weiss nicht, ob ich mit dem Bus und meinem Hund gehe...irgendwo in Europa.

Da geht mir noch etwas anderes durch den Kopf. Ich habe ja ein Faltkanu und wollte schon immer mal den ganzen Rhein hinunter, das heisst mindestens von Basel nach Rotterdam, das sind etwa 600 – 700 km. (Die ganze Strecke von Chur nach Rotterdam ist 1150 km.) Ich denke, dass man das in 14 Tagen schaffen könnte, ganz ohne Stress. Sicherlich ist das Umtragen immer wieder ein Thema, doch ich stelle mir das landschaftlich schön vor und es ist doch eine «Riesen-Leistung», wenn man sagen kann ich bin den ganzen Rhein hinuntergepaddelt. Wär das was für Dich?

Das mit der Motorradtour können wir gerne machen. Melde Dich, wenn Du mal ein paar Tage Schweiz einplanst. Jetzt kommt halt schon wieder der Herbst, das Wetter wird ungewiss. Motorradfahren können wir ja immer wieder.

Beste Grüsse Noby, ich freu' mich immer auf Deine Nachrichten.

Daniela

Schlusswort

Unsere unverbindliche Korrespondenz wird hoffentlich weitergehen. Beim Zuzsammentragen, Lesen, Aneinanderreihen der vielen e-Mails erkenne ich, dass sich ein roter Faden durch unsere digitalen Briefwechsel zieht.

Das Reisen ist zwar Ziel und Zweck. Viel mehr erhalte ich einen Einblick in das andere Leben. Die Gedanken und die banalen Dinge, die gerade anliegen und beschäftigen.

Ich erkenne bei Noby wie auch bei mir, eine Sehnsucht für die Ferne. Den Drang zur Abwechslung, vielleicht auch eine Art Flucht aus dem Alltäglichen, eine Unruhe vor dem Altwerden, die Lust auf Neues und eine grosse Offenheit sich Kundzutun, Auszutauschen und Mitzuteilen. Sicherlich nimmt die wache Leserschaft für sich selber solche und andere Empfindungen wahr.

Wer weiss, ob wir tatsächlich einmal miteinander verreisen. Auch wenn einer eine Reise tut, so bleiben die Reiseträume ungebrochen vorhanden.

«Gehe in die Welt hinaus, denn sie ist fantastischer als jeder Traum.»

Dank

Ich danke Noby, der zur Veröffentlichung unserer doch sehr persönlichen Briefkorrespondenz seine Einwilligung gegeben hat.

Daniela Adelheid Ammeter Bucher ist 1962 in Luthern, im Luzerner Hinterland, geboren. Seit vielen Jahren lebt sie mit ihrer Familie im Luzerner Seetal.

In ihren Jugendjahren bereiste Sie die Welt. Beruflich war sie in der Finanzwelt bei verschiedenen Bankinstituten und in unterschiedlichen Führungstätigkeiten stark engagiert und arbeitete aktiv in der Lokalpolitik mit.

Ihre Familie, ihre Freunde, ihre Schweizer Niederlaufhunde, die Natur, und das Reisen sind wichtige Lebensinhalte. Durch ihre selbständige Tätigkeit erhält sie Flexibilität für Projekte, die wichtig geworden sind. Sie ist mit dem Motorrad, dem Auto, mit dem Segelboot, mit dem Kanu oder ganz einfach zu Fuss unterwegs. Ihre Schweizer Niederlaufhündin ist oft die treue Begleiterin. Berührende Erlebnisse und Lebensgeschichten motivieren sie zum Schreiben.

Mit ihren Berichten und Veröffentlichungen möchte sie anderen einen Einblick geben und Ansporn und Freude bereiten.

Erschienene Bücher

Tausend Abschiede
– Eine Frau am Fusse des Napfes
Erschienen 2004, ISBN 3-8334-0796-4
Inhalt: Als ihre Mutter Agnes schwer krank wurde, hat sie sie begleitet. Im Abschied nehmen und im Sterben. Ihre Mutter wollte ein Buch schreiben. Sie hat es mit ihr und für sie geschrieben. «Tausend Abschiede» auf einer langen und doch viel zu kurzen Fahrt auf dem Strom des Lebens. Die Lebensgeschichte von Agnes Ammeter, die bis zum letzten Tag in die Ruder gegriffen hat und dem Leser mit vergnüglichen, besinnlichen und nachdenklich stimmenden Geschichten aus ihrem Leben, Mut macht...

Misstritte und Seitensprünge
– Die Schmeissfliege
Erschienen 2013, ISBN: 978-3-7322-3997-9
Inhalt: Dieses Buch ist anders als sie es erwarten. Es lebt von einer Prise Ironie und von vielen Doppeldeutigkeiten. Es ist eine Liebeserklärung an das Leben. Challiphoro, die Schmeissfliege begleitet die Wanderlustige bei der Querung durch die Schweiz...

Kanu Expedition Yukon
– 2022 Tagebuch einer Flussreise
Erschienen 2022, ISBN: 978-3-7568-1784-9
Inhalt: Wir sind 30 Tage mit dem Kanu unterwegs, 1200 Kilometer auf dem Eagle-, Bell-, Porcupine und Yukon-River zwischen Kanada und Alaska. Wir paddeln über dem nördlichen Polarkreis und überqueren den "arctic circle". Internet ist nicht verfügbar und für diese Zeit nehmen wir sämtliche Lebensmittel mit. Die gemachten Erlebnisse sind mit körperlicher Anstrengung verbunden. Die vielen Tierbeobachtungen geben Energie und Motivation während entbehrungsreicher und regengeladener Kanutage. Nach 10 Tagen sehen wir den ersten Menschen, nach 12 Tagen schaue ich das erste Mal in einen Spiegel.